英桃

英桃

モンガ

英桃

英桃

国際人権規約 第19条【表現の自由】 2項 すべての者は、表現の自由についての権利を有する。この権利には、口頭、手書き若しくは印刷、芸術の形態又は自ら選択する他の方法により、国境とのかかわりなく、あらゆる種類の情報及び考えを求め、受け及び伝える自由を含む。

日本国憲法 第21条【集会、結社及び表現の自由と通信秘密の保護】 1項 集会、結社及び言論、出版その他一切の表現の自由は、これを保障する。2項 検閲は、これをしてはならない。通信の秘密は、これを侵してはならない。

著、『英桃』の責は、全て、著者英桃にある。全て、英桃独自独特独創オリジナル オリジナルヴィウ。オリジナリティズ責である。

MV　マザーヴィ

マザーヴィーナスプスの英桃ちゃんはこう言ってるよ、
と言うお話である。

「マザーヴィ」「マザーヴィーナスプス」はお母さん。
二人の母さんを深淵から表現して、
英桃は「マザーヴィ」「マザーヴィーナスプス」と呼ぶ。

英桃
英桃に「無い」オイディプス、「ある」マザーヴィーナスプスへ

目次

MVマザーヴィ

マザーヴィーナスプスの英桃

英桃　MV　マザーヴィ　マザーヴィーナスプス

序

これは著者・英桃による、自伝風・独創作品集である。

英桃は、二人の母にたどり着く。英桃独自の、マザーヴィーナスプスである。

英桃はもっぱら。あったことは、ある。なかったこともある。

その意で、英桃は、否定実在論、連関として、空の理論ではない。オリジナリティズや、英桃独自オリジナルビューからも、英桃は自身以前からあった。ある。そしてある。

永劫の二人の母と。

◆私のプロフィールと生い立ち

英桃（Hidemomo, ひでもも）です。

58歳独身男性、結婚歴なし。

約30年、心身症を患ってまして現在精神障害者二級です。

両親を亡くすまで障害者手帳を持とうとしませんでしたが、おばに救われたことをきっかけに取得しました。

おばは母の姉で、マッちゃん母さんと言います。マッちゃんは、「母さんと言われる程じゃないよ」と言いますが、この人こそ英桃のお母さんです。

私は実父母のことを、パパ・ママと呼んでいましたが、私にお母さんができた。英桃は恵まれています。私はお母さんと生活しています。幸せ者です。

障害を患う前は学校も仕事も一生懸命でした。かつて学生時代、筆をとって何か書こうと思いましたが、覚悟がありませんでした。書くという覚悟は、まるで自分の死亡報告書を書いているような気がする。英桃の覚悟は長い遺言を書くようなつもりです。

私には人とちょっと違う経験があります。

私は昭和39年、1964年の東京オリンピックの年に、栃木県鹿沼市という、宇宙、で生まれました。

小学校の先生と行き会うと「英桃は成績優秀だったね」と言われます。ほんとにそうかは知りませんが。

中学へ入ってからは、高校受験に向けて、勉強に取り組んでいました。機会がありまして、中学卒業の15歳で、単独アメリカの、宇宙、ハイスクールに留学しました。ハイスクールを卒業し、大学へ行って二年で中退しました。

私は専門家でありませんが、カルチャルソシオロジー（社会文化思想）の分野、それとポリティックス（政治）とロイヤリティ（王皇室）を学びました。

小学校の卒業文集に「将来政治家になりたい」と書いた程ですので、帰国したら代議士の秘書になりたいと思っていました。

帰国後、念願どおり、四人の政治家に短期間でしたが仕えることができました。三人の政治家には秘書として、一人の先生には秘書見習いとして雇っていただきました。

その後、いくつか、アルバイトなどをして住宅会社に入りました。

仕事では一日に300件を訪問し、歩いたこともあります。300件に挑戦したんです。そして私が「300件やったよ」と同僚に言いましたら、「それは会長以来の記録もんだね」なんて言われました。それくらい活発でした。

しかし体がもともと弱いのか、私は見た目で損しているんです。体格は大きいし太っているし強そうに見えるみたいなんです。ところが中身は、からっきりお弱さんなんです。見た目と違い山登りもできませんでした。木登りもできませんでした。クラスで一人、鉄棒の逆上がりができなかった。それでも元気に活発に遊んでた。思い出はたくさんあります。

◆私の闘病記

300件を訪問し歩いているうちに、頭痛がしてしょうがない日がありました。そこで病院に飛び込んだんです。医者からは「風邪ですね」と言われ、風邪薬をもらいました。これで治るのかなと思ったら、その後も頭が痛くて痛くてしょうがない。

そしてやむを得ず、会社をやめました。

私は宅地建物取引主任者（現：宅地建物取引士）の資格を持っており、通っていた不動産学院でも成績優秀でした。お世話になった先生に話しましたら、その学院の講師を勧められました。なので講師経験もあります。

その間も、薬を飲み飲みしました。相変わらず頭痛がひどかったですからね。

それでも一向に頭痛が治まらない。体がもたない。心神耗弱、疲弱。やむを得ず大きい病院へ行きまして、頭のMRIを撮ったりしましたが何の異常もない。

そしてまだ頭痛がしてしょうがないので、別の大学病院に行きました。

あのころ阪神淡路の大震災がありましたが、そのときも家のベッドにうずくまっていました。精神疲労の地獄だった。地元からもボランティアに行った人たちがいました。何もできない私は情けなく思いました。

それで、大学病院でCTを撮ってもらい診察してもらいました。やっぱり異常はないんです。でも頭痛がしてしょうがないことを言いましたら、頭痛薬をいただきまして、それで少しはよくなったんですが、そのうちますます頭痛がしてしょうがない。

それで脳神経外科の専門の病院に行きました。そこでは脳波をとったりして、念のためまた別の総合病院でも脳波をとっていただきました。異常はないんです。それでも頭痛がしてしょうがない。

案内されて、精神神経センターに、在りしパパの勧めもあり一緒に行きました。ある総合病院の精神神経科に診てもらうようになり、そこから約30年闘病しています。

最初、私は病院の医師の言うとおりのことをしていました。当初は病院で怒鳴り合いもしました。暴力ではない口議です。

処方どおり、朝・昼・夕・寝る前とそのまま薬を飲んでいました。ところが、薬を飲むとよけい症状が悪くなってきました。医師に「薬が合わないのでないか」とか、「副作用があるのでないか」とか質問を幾度となくしましたが、「そんなことはない」という返事・診察でした。

そのころワープロスクールに通ってましたが、帰り道で毎回嘔吐しました。食事をしてもすぐに嘔吐しました。何回あったかわかりません。薬を飲めば飲むほど、私からすれば悪化しました。しかし、医者に相談すると、そんなはずはないと言われるのです。事実を話しているのに。

そのうち変な発作が起きるようになりました。薬を飲むと一日中ボーっとして物事が頭に入らない。焦燥感、恐怖にかられました。くれぐれも、こんな体験はしないことです。本人にしか分からない。本人以外が分かったらその人は不幸だと思います。

家のベッドで「また発作だ」と言うと、パパは「薬を飲んで寝てしまえ」と言いました。ところが、寝ても瞼が半開きになってぷるぷる震えて、意識して目を閉じないといけなかった。そういうことがしばらく続いて、英桃はこのまま死んでしまうのかと思いました。

ワープロ教室で四級の検定をとった当時、病院の薬をためしに一週間止めてみたんです。

英桃はドクターじゃないですので、人にはお勧めできませんが、止めてみたら気分が晴れ晴れしたんです。そのころ担当医が何人目かで変わりまして、新しく担当になったドクターに薬を控えてみたら改善してきたことを述べました。そのドクターに理解があったのか、薬を減らしていただきました。そうすると、以前の体が動けなくなる程の脱力感、地獄のような疲労が随分治まってきました。しかし、前の指示通りしていたときに起きていた発作が、今でも時々起こります。

以前、薬は朝・昼・夕・寝る前でしたが、今は夕と寝る前だけです。理解のあるドクターについてもらい、三か月に一回の診察になりました。昔のように頻繁に発作は起きない。あの頃はいつも嘔吐の繰り返しでした。横になっても瞼が閉じられなかったのは、本当につらかったです。

私のパパが在りし日、昔は夜間でも急患として診察してもらいました。正月はほとんどの病院が休みですので、年始も診療している精神病院へ行きました。太い注射をされましたがよくなりませんでした。帰ってきて、陸揚げされたタコのようにグニャグニャになって三日動けませんでした。

私の場合は薬を増やしたり注射してもダメでした。やっと話し合えるドクターと出会って、薬を減らして改善してきたんです。


当時、精神病院の窓から見えたんですが、入院患者がグラウンドで野球をしてるんですよ。だけど私はまるで薬漬け中毒で、体が言うこと聞かなかった。

英桃も薬を減らす前、一度精神病院に入院しようとしましたが、なじまずすぐやめました。中では卓球している人もいました。お風呂にも入れました。ソファーにテレビはありましたが、部屋への持ち込み品はラジオのみ。怖そうな看護婦さんに、薬を飲んだかその都度チェックされます。病棟ですので外出もできません。収容所みたいに思いました。平和はあるけど自由がない。

平和だけど自由じゃないのは収容所か監獄か精神病院でしょ。

私は薬でおかしくなったので、病院も商売でやっているんだろうと思い、一時期は薬をもらっても捨てましたね。あの処方箋の量を、全部飲んでたらヤバかったかもしれません。

昔の精神学会というのは、なかなか、学科が確立していなかった。学科を確立させるために、結局、脳内物質が足りないと考えてそれをメディケーション、処方箋等薬剤によって補えばよいとした。ところが研究でよく調べると、物質が足りないわけではない事が分かってきた。むしろ足りないと思われたものを補うと、かえっておかしなことになる可能性がある。学会学科の整合性もよくないように、英桃には思える。お医者さんのおつむが足りないなんて笑えないですよね。製薬会社の元は化学会社、化学会社の元は原油市場です。みんなカルテルでも結んでるんじゃないかと疑いたくなります。

焦燥感、不安、恐怖。経験しないことです。自由のない平和、まるでハックスレーだ。
自分の境遇に疑問を持つのはおかしいのか。

1

英桃　アメリカ帰り

英桃、独身男性、アメリカ帰り、精神障害二級。セックス・インターコースに興味はあるが、機会がなかった。もしかして英桃はゲイじゃないかと思うかもしれないがそうではない。昔カルチャークラブのポスターが部屋に貼ってあったから勘違いされるが。ボーイ・ジョージが女性じゃないとわかってもかまわず貼りっぱなしだった。経験がなくても一応、エイズ検査は受けた。異常はない。

一番怖い薬物は、病院の処方薬だ。こんな恐ろしい薬があるか。獣の生け捕りじゃないでしょ。

昔、女学生数人が屋上から手をつないで飛び降り自殺するという事件があった。シンナーの影響でないかなどと言われていたが、「正直者が馬鹿を見る世の中はいやだ」と書き残して自殺した女学生は、全く気の毒だと思う。

英桃は不法薬物の扱いはありません。頭痛の蓋然性は何なの。何故きついの。

『非の打ち所がない』

ハイスクール　スチューデンツ　プレジデンツ
長官と同名　しかも息子
少年の英桃も　フランシィスは
非の打ち所がない少年
だから、黙ってる

ヒーイズマッド（狂人）と　ささやかれても
一生懸命、勉強、独学
ジムのレスリング　一回戦
英桃はブラックベルト柔道
払い腰で勝った
「私が相手でやろう」　フランシィスだ
横に押さえられてホールドされた
クラスメイツは「続けて二回じゃ敵わないよ」と
冷静分析な励み
英桃は　少年、少年たちを…思ってる
一方的に思うんじゃない
オプションのオプション…
バックアップのバックアップも…

2

911

『カップス』

出勤前飲んでたコーヒー　香りトンネル前のティー
飲み残しのコーヒー　飲んでたティー
カップスは　何を語りたいの
香りは　何を伝えたいの
英桃は　言いたいんだけど
なんとなく　言いたいんだけど…

◆（似てる人達）一方的に言うのではなく

80年代半ば、英桃がニューヨークマンハッタンでヌードショウを鑑賞中、呼び込みがあった。

女の子も、またルームに「メイウイズミー」と言うジェントルマンも、ハワイでルームから出てきた仲良しの男性たちも、どことなく似てる人達はいるものだ。人種は違うが、女の子は、ママに似てた。ジェントルマンも誰かに似てた。

一方的に思うのではない。そっちがそうなら、こうだ、と考えうる。

『冷徹』

いつからか、年中寒い
春も　夏も　秋も　冬も

飲み残しのコーヒーは　なにを言いたいの
ティーの香りは　話したいの
ママのこがねちゃん弁当の　食べ残し半分
母さん、焚くご飯の、美匂《にお》い
年中、寒い
春も　夏も　秋も　冬も
冷徹でいたいね
こころ以外は
静かなのも　強いもんさ

3
ダーティロンダーズ

日本の機関投資家は動きはないようだ。総量規制後日本の景気は浮上してないのでは、株式水準は見せかけ、プロパガンダ宣伝だろう。ざるの目教育、今のテレビゲーム世代、みんな鋳型に嵌めてクリアしてスルーする。その繰り返し。

上手だがそれが何かそれ自体を疑わない。そして赤信号みんなで渡れば怖くないか。

政治と言うのは収容病院と刑務所の間の塀を綱渡りしてるようなものだ。

#『鏡』

シルバーの　つよい鏡は　母の鏡
英桃の鏡は　なみだで　とけちゃう　弱い鏡
「そんな　はなしは　わかんないよ」
だから　英桃の鏡で

「身に覚えがなくても、心当たりがなくても、狙われることはある」

30年前、警官に言われたんだ。若い候補者は選挙後ひと月で去った。秘書出身。英桃は法師の影を見据える。睨んでるのか、にぶってるのか、クールなのか、シャープじゃないのか。横線の目で、部屋隣の暗い台所を。

英桃が秘書の時、ある秘書を駅まで送って行った。

車内で秘書は言った。

「自分を殺せ」
ちいさく、しかし大きく英桃に言った。
しばらくしてその秘書は去ったが、英桃が車両を運転すると聞こえそうだ。
「君は半熟だ」と。
言ってみたいな、こんなセリフ。
「君が永遠《とわ》に生きるなら、私も生きよう。君、死すなら私も死そう」
シートベルトがうるさくなかったころ、走行車内で秘書に言った。
「シートベルトしますか」と。
秘書は英桃に言った。
「その時はいっしょだよ」と。
権力、武の襟持か。権力と権威、パワーとブライトネス、レジェンド。

4 お慰めさん

あめに、たのみなしに、
お慰めさんでしょう。一長一短に変わりますか。
田舎では、今でもコタツでテレビを見てる。テレビの前の徳川家康みたいな子がいるのだ。もっとも、マルクスでも読んでるのかも知れん。肩身が狭い。わかりません。海外はグッドカントリーです。日本は都市国家です。テレビの前の徳川家康公、日本はシティだ。商売も自由資本というより営利主義みたいのになっちゃった。政治家は自分で自分の首絞めてくるしい。なんとかせねばならないと。ゲゲゲの鬼太郎です。作品、トパーズ、お姉さん、お嬢さん……ゲゲゲの鬼太郎。地下鉄など、うめき声みたいに響く。あーうー、あーうー。ビルでもタワーでも何でも建たせてくれよ。

中央、地方、ぼほ　おごりなく。

お慰め、いかに　あらわす　可思透明に　触れず。

5
ヘッドジャックス

◆冗談じゃねえよ

なんでそうなの、英桃自身が、英桃自身の少年に言ってるようで悲しい。独身、経験なしの英桃には子はいない。英桃に子がいたら、政治君、皇子ちゃん。英桃自身の少年少女。ベイビー英桃に子はいないよ、と言われそうだ。自分で呆れる。

『腹襟《ふっきん》』

「馬鹿野郎」
帰ってきた先生の
それは　呆れ　笑み　凄み　やさしさ
英桃たちは事務所でおすしを食べた
夜はすぐ近くの銭湯
朝　みんなが出勤まえにすすんでゴーゲッター
英桃はステップス（階段）を拭き掃除
バケツに水で事務所前を手みずまきした
立派なデスクが与えられた
英桃はミーティングに誘われた
にぎやかな　とんねるずさんたちの部屋みせで
しずかに会話させて　ご馳走された

誠実な青年の目のそれも笑ってない
凄みもよい、威張るもよい
やさしさあれば
ふんずりかえるもまたよい
レスポンスビリティ（責任感）あらば
愉快や　にぎやかだけに
胸襟《きょうきん》あるのだろうか

武は死すに能《あた》うのか、きみは能非《あたわず》

『汗か雨か』

「私、一緒にやりますか」
年下の先年《せんねん》秘書だった

英桃に「草むしりやらせとけ」
普段は良い　やさしい秘書は言った
一人でやった
「お茶はそこにおけばよい」
「黙ってて、考えてるから」
先生は厳しくやさしい
「人はみな真面目ですから」
ある秘書は言った
英桃の面倒みてくれるはずの秘書の最後に
病院で永遠《えいえん》に　見届けた
寒さに負けず　事務所に暖を灯す
秘書と聞く「手伝いに行こう」と、
良い秘書は　いっしょに、炎天下、たまねぎ掘りをした

試しに宅建の資格を取った。歩いた歩いた。有線放送のときとおなじ日光の坂道を行き来した。車両でも数百件行った。滝のニューヨークバスとすこしちがう。汗かなみだか雨か便か。

お昼、よーし、うなカーバにしよう。うなぎドラゴン重《じゅう》を食べた。マンハッタンも滝の汗だろう。

雪だ。どうしたい。南国で、トロピカルドリンク飲みたいよ。クラスメイトに言った。眠い。機内で寝よう。口を開けたまま寝てる患者を知らなかった。歯科医師先生は言った。宇宙も見てるのか。地下も地上も孤独でも……。

宇宙人の日本人・英桃は、程度感覚でも一方的に思わない。誘導みたいに思っても、あっちが「やってる」と感覚しても、そっちも「してる」かもしれない。

瞬時瞬時もまた「軌道修正」に手がこんでるのは、なにかあるんだ。

瞬一方に、手込み一方に思わなくても。

だいたい妨害時間稼ぎで地震でもなんでも起こしたいのだろう。破壊者たちたくらむものだ。

うなカーバ重《じゅう》、鳴く観るも　わびしい。
No wont see.　みつ　かさなり　にも。

『じゃまだよ』

昭和　生まれる前から
平成　宮の橋　屋台
そして　桜　交番　留護送《りゅうごそう》されるか
左をなんとか　レッドをかんとか
みんな　みんなレフトスライダー

『戦い』

一次大戦　勝った
二次大戦　終戦した
こんどは　かなわない

『試し』

ジムではレスリングの次に、フットボール戦
相手のタックルの間際に
英桃は体落としでぶん投げていた
しかし英桃は　ちょっと危険プレーかなと
気まずかった

クラスメイトもその雰囲気
その次はベースボール
英桃は生意気に　一本足で打席
ジムの先生は　ネットからじっと
フラメンコでカッコつけて
打ち飛ばそうとしたが三振だった
ネットの先生の　視線の鋭さは何だろう

『敬意のトップステイト』

ハイスクールに何人か留学生がいた
ジャーマン、フレンチ、サウジアラビアなど
サウジの少年は王侯族に匹敵するようだ
一級年下だった

フランス人少年もそうだ
ひょうきんだ
マイウェイの英桃もフレンチに
ガールフレンドのキャッチの仕方を習えば良かった
柔和なジャーマンは同学入
一級上みたいで、優秀だ

英桃はマンハッタンのUN（ユナイテットネーション）に何回か行って、頂いたモネの絵画の絵ハガキは好きだった。UNは前身のユナイテットリーグの反省だ。UNは敵国条項はある。しかしUリーグ来でも、パシフィスト（平和主義者）が戦争を起こした反省です。

西ドイツ時代も、国連で日本の経済摩擦の擁護国はドイツだったと聞く。アメリカ合衆国の女性通商代表が訪日されて滞在ホテルで泣いたらしい。クリスチャンの根源には、どれだけ一生懸命でも金儲けを悪とする思想がある。それを突き詰めて、日本を考えての、ドイツによる国連の日本擁護なのではないか。
あるハイスクールアセンブリー（全校集会）では、「国連なんて、ポストカード販売所だよ」とスピーチしていた。アメリカ人らしいもんだ。
またあるアセンブリーでの日本車の経済摩擦のスピーチに、その内容ではなく、何かいたたまれなくなって、英桃は一人席を立ち会場の扉を蹴って退場し、カフェテリアで泣きべそをかいていた。スクールメイトは、エクスキューズと「失礼ですが、そんなに悪い話ではない。アメリカも頑張ろうということですよ」と。スクールメイトのその励ましに英桃はいっそう泣ける思いだった。

『わすれほど』

がまんにも　程がある
なにの顔も

『ころんでも』

笑いを　わすれた　ひとたち
笑いを　わすれた　ひとたち
笑いを　わすれた　ひとたち
笑わない　ひとが　ひとり
笑ってる　ひとが　ふたり
笑い　忘れた　ひとが　さんにん

『おつむ』

つむじは　ふたつ
66（ろくろく）は　うちに

９９（きゅうきゅう）は　そとに
英桃　つむじ

『出かけ』

英桃１１０キロ　ハイスクール
寮、読んでいた　なんだかよくわからない
いそがし　くつろぎ
すぐ　ホームワークにとりかかる
ひといきつくまなく　出かける
モンローウォークで　あるまいに
外は　寒く　コートは重いけど
外は　寒く　コートは重いけど
眠け覚ましに　コーヒー　コーヒー　またコーヒー

コップを手にすると　だれか言った
「こいつ　指が　立ってんだよ」
外　寒い　外は　さむい
小指が　立ってる
英桃　すい星人　80キロ
メガ　キロ　宇宙　浮いている
小指は　立ってる　今も

コンピュータが改善されたとは言え「呼吸を合わせるようにして動く何か集団的なマネー」があると思っている。英桃は株をやめました。英桃は金持ちを否定しない。頑張れ、がんばろう、努力は悪くない。

『塾』

英桃が、塾をやったら大変だ
塾はやらない
塾生はほとんど
「この先生、おかしいのかな、なに言ってるのかな」
と思うだろうし
生徒の親は
「成績は良くならないし、変な事教えないでください」
となるだろうから

◆セカンドカントリー
英桃は学生時代アメリカにいましたので、アメリカをセカンドカントリー（第二の祖国）と思います。

深夜、英桃はコンビニに出かけようとすると、人工気象と思われる強風で、玄関前の壷は割れて、ガレージには飛ばされたバケツとサッシが挟まってた。壷は旧家新築の際のものである。英桃は中学一年生のクラブの発表会で、校舎付近で観測した天気、温度、風向風圧、風速などと天気図を発表展示したのは覚えてる。深夜なので割れた壷などは、昼間かたづけようと思った。

人は金に困ると暴力的になるようだが、この手は、麻薬に狂った女に見られるような、「もっとよ、もっとよ」と言う生態のようだ。英桃は塾生に教えないだろうが、もし、昼間、優秀な塾生が来たなら、すぐ気付くだろう。塾生は酷いと思うかもしれない。英桃は生徒に言う。「壷はチャイナだと思う。ホースレース（競馬）ドクターたちもいるから」「東大もくびをかしげるだろうよ」「それに、ストーブの上に缶ドリンクも置いて、部屋と両方いっしょに、〝並列〟に、暖めるようにも考えられるよね」と。

英桃の地元産業、農工業。シークレットリーに工学レンズと航空宇宙産業が優れてる。

宇都宮の富士重工場。工場の前にたくさんの〝のり接着剤〟がおいてあるらしい。みなフェイクだそうです。本物がバレるとヤバイのです。英桃は軽薄スケベですので、工場近くのエロDVDのお店に行ってました。

『動き』

給与を　「宇宙デパート」から　スターダストにまく
サラリーを　その場で　やぶる
動く　地球　動かされる　地球
金では　「必ずしも」ない
ケツから　やにがでるほど　すった
ある先生は　言った
また　ある事務所
小心した　電話で怒鳴られた

「英桃のこと知らないから」
よい秘書の思いやり
事務所から　事務所へ行った
かつトンカツ　ご馳走になった
かつトン
見えない大きい　こおろぎバッタは
小さき根性　季節外れ倒れ　骸　玄関にいた
くさ葉　一枚かけた

英桃は右か左かと。リベラルは、右や左じゃなく昔進駐軍と結んだりして左右のバランスを取ってる。私はリベラルライト。アメリカ政府がアメリカじゃない。アメリカ人民。その人たちの選んだ黒人大統領、何を日本人へメッセージしてたか。黒人とはいえジェントルマンはいるけど、「違いは違いだ」。英桃はもっと違うのか。

6 コントロール

◆英桃のビュー《Hidemomo's view》

科学は計量するでしょ。計量し難いのもあるのではないか。「君の悲しみがわかるか」。科学は計量する。それでも君の悲しみはわからない。そして、わからない悲しみも計量する。やさしい科学ってなんだろう。

教育をみろ。みんな鋳型に嵌まる、でないとおかしいと思われる。また子どもが気づいていても要領よくするのですよと。世の中キツイのですよと。

みんな、コントロール下にあっても生身で真面目、真剣なんです。

アメリカのハイスクールでこんなことがあった。

父が先生に手紙を書き「厳しくしつけるように」と日本の羽子板を送ったようだ。アメリカの先生は冗談で「これで、はたくのか」と言った。

ある時、その先生が日本に来て、東京の地下街を歩いてたらしい。そのときお母さんに手を引かれた子どもが、「たぶん外人さんだ」と指をさしたらしい。そしたらお母さんは「そんなことするんじゃないわよ」と言って、子どもの頭を小突いた。ショックだったとアメリカの先生は言っていた。アメリカ人はテイクイットイーズイ、優しくね、である。

『しろい（白）』

深夜ラジオを聞いたら　ペルー大使館は解放された
宇都宮の神社さんで御礼した
英桃はよい事あったら行く　悪くては行かない
「また来たね、なにかよいことあったんだね」

西の神社さんの、お土産屋のおばあさんはよく言う
どうやったのだろう　大きな石碑　そして　大きな石碑
英桃は　平和地蔵さんや　平和観音さんでは　お参りしない
ねがい、けど現実は…

母さんにおみやげ
石作りの小さな　白いスネークはある
近くに　射的場があるようだ
「おまわりさん、英桃のほうが　じょうずだよ」
その交番で言った
おいしいね、かあさん
一緒に食べた　アトムステーキ
「ひどいね」
食管事務所員は言った
商品券を見つけて買った　おもちのようなお米

グローサリーの　カラフルな　ポイズンお米
「かあさんと一緒じゃないと　お米買いに行くの怖いんだよ」
「戦争で姉さんたちは　あたまをさげさげ
お米農家へ　買いに行ったんだよ」
言えなかった、なんでそんな思いしてまでと
おうち　おばあちゃんは　うどんを作ったらしい
不平は言わない兄弟姉妹で、ちいさい母さんは
「しろいおこめがたべたいよう　しろいおこめがたべたいよう」

単身留学の英桃は、アンカレッジ エアポート ターミナルの中の、立って食べる「うどん」が楽しみだった。外は雪で寒そうだが、エアポート室温のコンディションは保たれてる。あったかい「おうどん」だった。

英桃は海外でも日本でも、率先してクリスマスをしたことはない。

英桃はクリスチャンじゃないが、日本の教会のおばあさんに聞いた。日本人は悟ろうとするがキリスト教は必ずしもそうでない。英桃は磔刑じゃなく宅建にあった。マンパワーという模擬試験で全国二位だった。

ソウルからマインドへという人達がいる。ソウルがわからない。幾何学的解はあるようだが。田んぼで産まれたベビーも保育器で育つベビーも自然じゃない。ベビーにとって。

マインドも大事か知れないが、問題はソウルだ。消えた蝋燭にまた火をつけてそれが同じソウルか。一卵性双生児はそれぞれ別人じゃないか。「我思う故に我あり」と言うが、生まれたてのベビーが思うのだろうか。

とりあえず地球がもてばと英桃は考えるのですが、人類は火星からたどり着いたのではと思っている。火星の文明はたいしたことなかったので地球まで来た。アンドロメダより遠くのどこかで生命萌芽があるか知れん。あるいは私自身も私の内にいつも一緒にいるのだ。

アルバート・アインスタインのノーベル賞受賞式。侯爵か伯爵は「ニュートンは百年もった。アインスタインだってわからないよ」と言った。とにかく命が大事なのは言うまでもない。

意志に強弱があるか知れんが、英桃は軟弱です。たとえば光を観測して何か意志がはたらくのか。

しかし、その過程もしくは意志自体が何者か他の人に操作・操縦されてないか。

光速では流れる時間は遅くなるというが、そんな「うらしま効果」は、無いように思う。

7 スルー　はめとばし

不自由な時代だ。落とし穴を掘ってハメる。掘って掘って嵌める。クリアスルーしてまた……。落とし穴を掘る方が悪い。キリスト教じゃないが、知恵あるものは数を数えよ。でも汝その知恵が悪いことでもあるのでないか。

汝その知恵で人を悪殺《あくさつ》してるのか。知恵あるものはおごりやすいと言うが。

パパは私の言うことを聞かなかった。

私は「あなたの考えは世界で通用しないよ」と言っていたのだ。社会的地位と人間性は違うだろう。人間は面白いが人間は怖い。

パパは勝手にマインド・マスターベーションをして、自分は息子に裏切られたと思い込み、その実、息子を裏切った。黙ってた。どうせ私の話を聞かないから破って捨てたが、パパが書いた色紙にはこう書いてあった。

「何も無い　心の中も何も無い　この子の幸せを願う」と。

パパ、無いものから何も生まれないんですよ。幸せを願うなら無いじゃなく有るようにしないとダメだね。カッコだけじゃないの。一度パパは珍しく職場の話をしたね。「俺の職場は新人に何も教えない」と。

パパ、本当は不安だったんでしょ。教えない教育は教える教育にかなわないよ。教育とは、別に学校の話だけをしてるんじゃない。学校だって労働組合教育やマルクスじゃ、英桃にはしょうがない。英桃の大学がそうだった。英桃は中退した。

英桃はある大学の優秀さはわかる。英桃自身、特待《とくたい》意識はない。もしかすると英桃は、大学の期待に応えられなかったのかもしれない。

英桃は冗談を言う。英桃はどこの大学院ですか。「病院です」と。

英桃は言う。「勉強の基本は独学、教育は個人指導がよい」。

『宇宙人』

とりあえず　火星から　きた
火星は　そんなに　さむくなかった
何曜日　宇宙　１００抒光年
一週間は　七日＜ナノカ＞

よいハイスクール留学だった。
15歳、二か月で16歳。ハイスクールに入る前、いくつかホームステイをした。
先生宅にホームステイした時、まだ小さい、先生の子どもがテレビゲームをしてた。
後ろで見ていた先生は、「そこはそうするんじゃない　こうするんだ」と教えていた。

また別の産婦人科の大きい病院の先生宅では、裕福なのにもう小学生からレストランでウエイター・ウエイトレスをさせて、働くことを教えてた。

私の日本の小学校では、「小学生が金儲けしちゃいけない」と言われた。日本人にはindividualism（個人主義）は無理だから、monroinistic（モンロー主義のように、不干渉な）がよい。アメリカ人は十人十色。日本人は超能力でもあるまいに、言わないでわかる暗黙の了解なんてのたまうが、世界ではそんなこと考えない。アメリカが団結すると凄い。

『派手』

女の子は　嫌な顔
少女は　英桃を　アメリカンフットボール観覧に
どう思う、と

派手なスポーツだと思い
ディクショナリーで　英桃は
「派手」のワードを　指さした
ワードは　Ｇａｙ（ゲイ）だった

『ライセンス』

ドライバーズライセンス取得したくて
スクールディーンに話した
そこに　プレジデントがやって来た
ディーンはプレジデントに
プレジデントは微笑んで　ウィンクしながら
「卒業したら、私が教えてあげるね」と

国際社会を知らない。日本列島が続いてきたので平気でいる。宗教だってたかが2000年。縛られてる人もいる。ご自由に。

「学力が伸びないこの子、病院でみてもらおうかしら」と警察のように言う。行きつく先は収容所。平成後の大警戒と言うことか。

私は地方自治の財政主幹だった親の息子です。

パパは私が話すと「俺は父親だ、俺は日本人だ」とよく言っていた。私がいない頃、国体委員長もやっていたらしいが私に言わせればセキュリティはアマチュアだ。

パパは私によく言ったね。「お前は運がない、お前はもてない」。

だけど、運とはある程度、計算ずくめであろう。山本五十六はアメリカでギャンブルの、くせを見分けてた。英桃もフィラデルフィアにいた時代、コリアの人とアトランティックシティのカジノに行った事がある。コリアの人が「お前と一緒に行くと勝てるような気がする」と。

カジノには世界中から人が来ている。凄いよ。チップの張り方だってそれぞれだ。そこで貧乏人の英桃は考えた。スロットマシーンの機械じゃだめだ。ルーレットのルーレターを読め。普通業者が儲けようと考えるなら、張ってないか少ししか張ってないところへ、転がそうとする。

凄いんだよ。みんなオイルマネーか知れないが、ドンドンと張ってる。英桃はみんなが張ってないところへ少しずつ張っていった。

客のなかにはルーレターにチップを渡す人もいた。その客がハズレるとルーレターに、露骨に嫌な顔をする。ルーレターも困り顔だ。

しばらくやったが英桃は400ドル儲けた。コリアの人には申し訳なかったが、英桃だけ儲けた。儲けた金はあぶく銭と思ったので、すぐフィラデルフィアのストリートショップで、SANYOのコンポラジオカセットレコーダーを買った。

人間はみんながこっちに逃げるとき、一人だけあっちにいけないものだ。それでもみなさん鋳型のほうが楽か。

英桃が宇都宮の学院講師をしていた短期間、職場まではバス通勤だった。そこで数人の女の子を見かけたが、声はかけなかった。小学生時代の初恋の子、同級の子、英桃の留学時お世話になった金融機関の子、それに同級の薬局の子。宇都宮の大通りの歩道では、ある政治事務所の秘書の女の子が、目の前を黙って歩き通り抜けた。どこの誰の何か、までわかってるコンピュータのような子女と記憶してる。黙って通り交わす、秘書の切なさを感じた。

母親が子を持つのは悲しいことだよ。英桃は一晩靖国の広場ですごしたこともある。

『レールの眺め』

宇都宮のデパートなどで、鱧《はも》を探したがなかった
鴨《かも》でもハムでもない、手ごろな食材
短い生涯　会った人達だけじゃないけどね

会う人は　会う様にできてるんだよ
夕方電車乗ると　レール向こうの電車でこっちを見てる
こっちも見てる
電車座ると　これは貸し切り車両で　映画ロケかと
金持ちのボンくらは　山手線の回転すしに飽きると　外国へ行く

いったん扉外に目をやり「夜景も車内もおなじか」と。ロケのパラレルガールか、席下を向いて、なにか、クスクスわらいをこらえてるようだ。

英桃は、暴力団は嫌です。誰でもそうでしょう。町中にも極道みたいな人達がいますが、まがいです。昔、英桃はパパに勧められて、ある家庭に遊びにあずけられました。個人的にしか知らず、その世界のことも知りませんが、その人は本当に任侠さんでした。相当の人物です。

のちに事務所をたたんで実業家を目指しました。遊びに行っていた時、その人が私に言ったんです。「オレはファミリーってのがイヤなんだよなあ」と。

実感があると思いませんか。組織のトップはそうなんです。恐ろしいことに、英桃はその人に聞いちゃったんです。「ヤクザって何ですか」と。

そしたら、さすが大物。笑いながら博打のサイコロの目で八、九、三を足して二十。「何の役にも立たないブタの目だ」と笑ってました。

8 ノンバーブル

アメリカの学校で思ったのだが、「アメリカの平等」と言うのは、白人ばかりの学校に数人の黒人を入学させるというようなこと。現実的、数的、にも。

英桃は日本人がいないところがよいと思って入ったハイスクールには、英桃以外、日本人はいなかった。

最初の頃、先生がどこか別の場所、病院か学校かで知能検査をしようと言うので、連れて行ってもらい検査をした。

答えがわからないどころか、問題が英語でわからない。しかしなぜか、ノンバーブルアブストラクトシンキング（非言語絶対思考）は世界トップ２％に入った。

英語がわからなくてもよい点数をとれる分野もあるものだ。

私が先生に「ノンバーブルアブストラクトシンキングで世界トップ2%に入りました」と言ったら、「私もそう思った」と言いました。何の都合か、具合か、帰国後、英桃という〝ノンバーブルコンピュータ〟は壊された。

都合が悪いか具合が悪いか、バーブル型にされた。医療はこんなことしかできないのか。

9 権力と権威

アメリカ大統領の女性スキャンダルでシークレットサービスが証言台に立った。英桃はそれは、いけないように、思った。

ある未亡人は主人の殉死に憤慨してるかも知れません。それはある大統領の電話だ。大統領は言った。「ご婦人、この度は……」声をつまらせたのだろう。「ご婦人、ご主人の任務はおわかりでしょうか」と。シークレットサービスだった。

近所の子どもさんが旦那さんに連れられて網で虫捕りをしていました。そこにはトンボとかがいました。歌にもありますが「トンボのメガネは水色メガネ」と。半導体のような眼をしてる。どういうように見てるのか。トンボの眼で見えたら随分違うだろうな。半導体のような眼で飛びながら見る。近くには雀とか近所の猫、犬や草、木々などがある。今庭の塀に雀がいる。

英桃は自然を随分疑ってるのです。これリモコンじゃないかなとか。子ども達に自然の教育もあるし、時代の流れもあるでしょう。トンボの眼で見えたら、設計士が設計図を描くように、立体的な事を平面上の図画で描くことができる。

英桃はティーンの頃、ディスコへ行く人達をこう言ってた。「踊ってるんじゃない。踊らされてるのだ」と。

桃が流れてた。少し言っておいた方がよい。

桃は気の毒だ。桃が流れてる、桃に罪はない。せっかく桃は桜まで行ったのに。

パパのように言いふらしたり自慢したりではない。しかし、母さんはママから流れてきた桃を拾ってくれただけじゃなく、パパを自慢の人だとまで褒めてくれる。「英桃はなんでパパの悪口ばかり言うの」と笑ってる。

英桃にはママと母さんがいる。ママはあの世だ。母さんも英桃もそうなるだろうが、この世であろうが、あの世であろうが愛は死なない。届いていなくても答えが来なくても愛す。英桃の気持ちもそうなのだ。

《そうだよね、マザーヴィーナスプス》

語学が達者じゃなくても、学校では単位をとらなくてはならなかった。そこでセラミックス（陶器）やドローイング（製図）などもやった。栃木の益子焼じゃなく、アメリカでろくろを回してたこともある。
ペインティング（美術）では、毎週何かひとつ鉛筆で描いていく。何を思ったのかシャワールームに座ってトイレを描いて持っていったら、みんなあきれていた。
数学の授業で、まだ教えていない問題が誤って出された。英桃だけ正解だった。数学は必ずしも語学じゃないので意外に機転がきいたのだ。

言えるうちは言っといたほうがよい、言えなくなってきたら怖いのだ。
そう、言えなくなってくるのは、ホント怖い。

『言えるうちは』

おいしい食事だ　牛乳を好む
きれいな花と言える　青い空と言える
冬近し葉と言える　枝雪は輝くと言える
言えるうちは言うのは良い
悪い事してない
警戒の　にちにちの　時代でも

おかしかった。義務教育である中学を卒業してアメリカに留学したが、行く前に英桃はパパに、「誰にも言わないでください」と言った。パパは、「わかった」と返事していたが、実際はみんなに言いふらしていたようだ。

母さんは、英桃に聞いた。「英桃は外交官になりたかったのでしょう」と。英桃はそんなふうに言ったことはない。

留学のことも言いふらされる始末なので、外交のイロハも知らない環境だ。わからないで、何が、外交なのだ。それに外交はシビアなのだ。英桃は外交官になりたいと、思ったことも言ったこともない。

まるでパパは行政官僚、英桃は政治家。親子でも、お互いに介入干渉し合わない。

英桃が最初にいたカリフォルニアの大学の語学校へ、パパとママが、一度来たことがあります。ホテルで英桃は二人に泣きながら話しました。「パパとママが日本で貧しい生活をするぐらいなら、いつでも帰るよ」と言いました。

帰国すると、パパとママはまるで人が違うのです。「お前、（英桃）のせいで自分たち（パパとママ）はきゅうりにミソつけて食べてた」とかグチるんです。随分当たられました。私も怒って、ちょっとした家庭内暴力にもなりました。

私がパパに話そうとしても「オレは父親だ、オレは日本人だ」と言って何も聞いてくれない。英桃は暴れる方ではありませんが、その時ばかりは暴れました。

その後、仕事に就いて頑張っていましたが、そのうちに体調が悪くなった。しまいには、パパが私を精神衛生センターに連れていきました。

《パパ、オイディプスか》

英桃はアメリカにいましたが。

「あなた方はそう考えるが、私はこう考える」と主張することです。

「オレは父親だ、オレは日本人だ」と言うパパ。あやしいですね。この人は話を聞く気もないのだ。それにしてもおかしいと英桃は思いました。

パパはカリフォルニアのホテルでの話を、「たとえパパ・ママがきゅうりにミソつけるような貧しい生活をする羽目になっても、英桃はアメリカの学校に行かせてくれ」と言ったというのです。話が全然違うじゃないですか。

パパは何回もきゅうりにミソの話をしました。私が「パパが聞き違ったんだ」と、そのたびに言いましたが、亡くなるまでパパは我を押し通しました。

英桃はウソを言ってませんし、普通「パパ聞き違えたかなあ」とか言うでしょうが、「イヤお前はそう言ってない、オレたちが貧しくても行かせてくれと確かに言った」と言い張った。何か変な気がする。検査をすると、パパは脳腫瘍だった。

手術してずいぶんよくなったが、しばらくしてパーキンソン病より悪いシャイドレーガー症候群になった。それでも、聞き違ったパパは社会で出世し、聞き違えられた英桃がおかしいという扱いをされた。

英桃は任侠さんの家にあずけられた。遊びでは自由だけど家には自由に帰してもらえなかった。帰ってからもパパと話もできず、英桃はパパの横っ面をひっぱたいてやった。

そしてまた、やがて英桃は精神科へ送られた。

『15才の終わりにアメリカへ行った』

特急でかよった　留学前の語学校
英語で話す　ヒッチコックと呼ばれた
短い間　語学校　話す英語もわからない
学校ビルの　トイレに入る
なんだ　この三角カンは
ふたを開け　すぐふたしした
「これが　たんぽんかあ」
特急でかよう　シートよりリビング車内へ
いつも　カスタードプリン

ときどき　途中下車して　駅近く
ファーストフードのコーンスープ　すきだった
留学して　英語ぜんぜん　わかんない
わからん　英語で　夢をみる
もっと学べばよかった
夢で　彼女　くどいてやる
夢で　彼女　くどいてやる

10

ノットエシノセントリック

アメリカのハイスクール時代、家庭教師の女の先生がいた。その先生に言った。
私は人とすれ違うだけでその人が何を考えているかがわかると。

『エシノセントッリク』

すれちがう　わかる

ノット　エシノセントリック
すれちがう　わかる
ノット　エシノセントリック
エキセントリックじゃない　エシノだ
Tティー　Hエイチ
ITアイティーも　AIエーアイも
もともと　職人芸だったのさ
恋愛工学も　そうなのさ
言葉を　こえるよ　透明に
こころの言葉　透明に

『冗談じみて』

「そのブックはわかる」

ハイスクールエントリーで
すれ違いにスクールメイトに言われた
冗談じみて言われたのか
英桃がいつも手にしてるブックは聖書と

『テクターン』

クラスレポートで　何気なく書いた
テクターンフレンド（無口な友）
プロフェサーも　クラスメイツも　顔を見回して
テクターンフレンドだって、と
英桃の　ディクショナリー
また　あるクラスで
スピードアップしたね　ディクショナリー、と

英桃は　何も言わない
それも　最初　IQ3000オプション無しの
トランスレーターを　持って行った
ある　クラスメイツは
グッドトイ（良いおもちゃ）と

アメリカで休みになると学校の寮にいられない。夏休みは長いので帰国したこともあったが、休みは部屋の荷物をコンポ（梱包）して収納場所にはこぶ。

『コンポ　マイウエィ』

そんなに　器用じゃ　ないんだよ
ダンボールかかえて　コンポして

階段を　何回やった　収納所
休み　寮　休みに　よく行ったのは　語学校
アメリカなかの　ネイティブズ
アメリカチャンネル　なんのチャンネル
クラスで　アメリカ言ったら　南アメリカも　アメリカと
ＩＴアイティー　ＡＩエーアイ　コンピュータ
研ぎ澄まされた　鋭鋭は　どこで　おぼえてるのかな
寮のステップス下で　男の子と女の子は　ハグしてた
女の子の目は　男の子のうしろから　英桃をみてた
ゴーイング　マイ　ウェイでね　英桃も

『あっぱれ』

だいたいアメリカ人たちが

ひとなつこく呼ぶのは　畏怖はある
スチューデントは　ゴルビーと呼んだ
あっぱれである
問題は　極東の駄々っ子

『ご馳走』

極道じゃないよ　英桃は
あずけられた　任侠さん
怖し　最初　用心で
ベルト　バックル　寝る上　頭に則して境界地雷だ
ひかえめ　やさしい奥さんには
少し　安心した
テーブル　ご馳走　いつもあって

食べたいときに食べなさい
寝たいときにいつでも寝なさい
真面目だったなあ、と
横目でちらっと見てた　にいさんたち
床拭き　モップ　庭手入れ
いつも遊んでたおじさんへ
電話があると近づかない
たぶん　あの世界の総長さん
政治家たちも　そうだろ
言いたくないよ　多重人格
宣伝するんだ　義理人情
ほんと　あるは　数　金色《かねいろ》　票　力なり

11 メイド イン ウサミー

『アラビアン少年』

アラビアン　バースディ
女の子たちが　ドレスして
踊ってるよ　少年　まわって
ピンクに　ブルーに　イエロー
ホワイト　シルク　ドレスして

カフェテリア　ハイスクール　ディナー
現れた　あざやかさ
アラビアン　誕生日だ　少年の

あるコリアの男と、フィリーの中心市街地へ行った。女性がいるところへ行きたいと思い、タクシーを拾った。ドライバーに「女性がいるところ」と言うと、「よくわからないがGOGOバーがある」と言われ、「じゃ、そこへ連れてって」と伝えた。行ってみたが、中に入ると変な消防署の鉄塔みたいなもののまわりで女の人達が踊ってた。近づいてきて「アルコールをおごってほしい」と言うのだが、飲ませただけつまらなかった。

次に、ストリップを見学しようと移動した。ステージでストリッパーとマネージャーが喧嘩になり、上演は中止された。「誰も、みな、働いてるんだ」と。夕立のステーション近くから、英桃は飛び出していった。雨は、青かった。

チャイナタウンの近くには、変な真っ赤なドレスに歯の抜けた少女がいた。コリアと話してたが、学校へ帰ってくるとコリアが「あのスケベ女、ついてきた」というのだ。コリアに言わせれば、歯がないのは何かスケベのためだ。「相手しないといけないので、お前がこの前ポルノショップでもらってきたサックをくれ」というのであげた。あのサックはイボイボ付きだったのだが。

またあるコリアが言ってた。「徴兵に行ってきたが、徴兵では病院に行くとよい。スケベな女とやりたい放題だ」と。

『フィラデルフィアカレー』

「ウエイトレスさんのほうがよいよ」

バイキングモーニングを食べた帰りに　英桃は言った

「宅配ロボットですか」「今度来た時どうぞ」

レストランでは　ロボットが三、四回動いてた
英桃は　ロボット作りの風雪な思いも　なんとなくわかる
ウエイトレスさんのほうが　よいよ
「日本語上手なんですね」
英桃はじっと　キッチンの１００均カレーパウダーを見る
ときどき作る　味はない　具もない　フィリーのオキナワカレー
17才だった
英桃はハイスクール休みに　フィラデルフィアのメインタウン近く
チャイナタウンのレストランで
日本からやって来た学生達と　カレーを注文して食べた
みんな　おいしくなさそうだ
英桃は　ひさびさのカレーだと思って食べた
ウエイトレスさんは　日本人みたいな日本語を話した
「私は沖縄にいました」と言った
あの　オキナワカレーは……

英桃はときどき作る　味も　具もない
パウダーのフィリーオキナワカレー

『ヌードル』

語学校寮に帰って　タウンでせしめた
インスタントラーメン作ってた
どこか　ヨーロッパのネイティブが
何か食べ物ないかと　部屋に来た
これ食べなよと　インスタントラーメンをあげた
こんなの食べるのかな
すると数日　その人は
「この前のヌードルありますか」と言ってきた
おいしいものは　どこでもおいしいのだろうか

◆地球は広くて狭い

地球は広いようで狭いね。私は「サンバラ君」と呼ばれてたことがある。サンバラとは私がアメリカで最初に住んでいた、カリフォルニアの隣の「サンバラナディーノシティ」（サンバーナディノ市）からついたニックネーム。

ある日、神奈川のバス停から歩いてたら、誰かが「オイ、サンバラ何やってんだ」と言ってきた。アメリカで会った年上の人が車で通って声をかけられた。いやちょっと仕事でと答えた。地球の裏側、イーストコーストで会った人だ。

アメリカのハイスクールの用務員のおじさんは、私を見るとハイジョーとどこからでも声をかけてくれた。なにかうれしい。たぶん日本にいた人達だなと。

『それぞれ　なにげなく』

15歳英桃　はじめカルフォルニア語学校

ルームメイト　最初ジェームズ・ディーン　そうハンサム
ガールフレンド　できたよう
ブロンド　ある国　グラビア女優
ルームもどると　またどこへ
ある人が見せてくれたよ　彼女の写真
プレイボーイか　何かの表紙
ジェームズ・ディーンに　英桃は
自身の手を丸く握って上下　スピーディにジェスチャーさ
なんだいそれはと　ハンサム
「インターナショナル ボボ」と、英桃言ったら大笑い
英桃もおかしくて大笑い
男マスターベーションの意味だ
英桃が寝てる朝方　ハンサムジェームズは
耳元で「サンキュウまたね」と
英桃も「じゃまた」と　ディーンは語学校をあとにした

ジェームズ・ディーン　ハンサムはカッコだけじゃない
やさしい気ごころ
薄暗い朝方　耳元で　そっとそっと言う
やさしさと　あたたかさ　さわやかさ
ルームが変わり　隣からすけべなうめき声
「困ったね」と　ルームメイトと壁をどんどん叩く
一時静かに　しばらくすると　またおっぱじまる
また　東京からの男子学生は
東京のストリートで　お相手しようとしたら
女性じゃなく気づいた　男性　ベッド前

アメリカの生活では、年上も年下もなかった。

日本から来た学生が驚いてた。なぜかというと、年下の人が年上の人達に向かって「オイお前ら」と呼んだのだ。その年少の日本人は小学校からアメリカにいるので、よく日本語がわからなかったのだ。驚いたと大学生が私に言ったのだが、私も中卒でアメリカに来てたので何も言えなかった。

アメリカでは年上も下もない。日本で言う序列みたいのは、アメリカの生活ではむしろ逆なことが多い。

◆エヴィデンツ
フィラデルフィアのメインストリートのひとつ向こう側に、日本の寿司屋さんがあった。プライス（値段）が高いのであまり入りづらいが、一度入った。オヤジさんが「うまいだろ」と英桃に言った。おいしかった。そりゃそうだ。ボストン沖でとれた新鮮な魚だ。それを冷凍して日本に持ってくんだと。

ダンスシェフも大勢いた。ダンスをしながら盛り付けたが、何か小さいエビがのってた。器用なもんだ。ヒラにちょっとのせて柄《え》の部分をトンと、小エビは空中に軌道を描き客の皿にのった。お客さんも喜んでた。若くて凄そうな人がたくさんいた。

#『ニューズ誌』

ショップで購入した、珍しく
おぼえてる、ニューズ誌　ふたつ
レーガン大統領　撃たれる
カフェテリアでスクールメイトは、腕をよこに
「ヒー　イズセーフ（彼はだいじょうぶ）」と
お店で珍しく　ニューズ誌を買った
単位のペインティングホームワーク
毎週ひとつ　鉛筆で絵を描く
ひとつクラスに持って行ったら　ミスプロフェサーも
英桃はＣＩＡがやったというのと　べつに　黙ってた
また　ショップのニューズ誌に　日本人がある

購入した
白い紙面中心に　小さな日本人写真
写真下に syougun of the darkness（闇将軍）

『あるロイヤル』

日本人　英桃は　宇宙人の日本人
ロイヤルを　どう考えてるのかな
プリンスは　懐妊中のプリンセスと
東北　福島　励ます
東北　福島　励ます
ロイヤルを　どう思ってるのかな

『つとめ』

日本の　プリンセスは　隊員を　励ます
なにがたき、にも、同然さえも、励まして
英桃　なみだ　そのつとめ
殺られたんだよ　御父は
根拠なんてない、英桃は　おもうんだ
公務　とはいえ…　公務とは……

『責《せき》』

守りきれない　責は　英桃にある
ママと　母さんと　ママ　母さんの

すべて　責は　英桃に　ある
いつも　いっしょだけど

『メビウス』

丸うどん　きしめん　電車のレール
片方は　丸い　もうひとつは　メビウス
そして　表も　裏も　わからなくされる
けずってない　えんぴつ　少しけずった　えんぴつ
上空の　飛行機は　斜空《しゃくう》する
母さん　搭乗一緒だよ

アメリカ合衆国大統領はドナルド・トランプさんだった。そしてジョー・バイデンさんになったようだ。

外国にはキングやクイーンがあるが、日本のカードにはジョーカーがあると。それは宗教の違いである。キリスト教は原罪を負っている。しかし無宗教の日本ではそう思わない。性善説か性悪説かニュートラルか。それは英桃も性悪説であるが、突きつめられない理由はクリスチャンじゃないからなのだ。外来ではない日本の宗教にそぐわない。日本は異質である。問題はリベラルフリーダムがないことである。自由と民主主義はどちらが大事か。自由です。これは問題だ。

◆能書きと情熱

日本人が外国へ出ると面食らうもんだ。外国ではすぐこう聞いてくる。

「あなたの信仰は何ですか」

私がいたアメリカもそうだった。ハイスクールでも一単位は宗教が必須だったが、英桃は日本人なので免除された。

英桃もパパが病気になって、ずいぶん神や仏を考えた。どこかの団体に属したことはない。パパは私が言ってもしょうがないので、三十六計祈ることと思ったのだ。信仰は自由だ。その人の好きにすればよい。自由宗教が社会共産主義に走る傾向である。奥にはキリスト教・ユダヤ教があるのでないかと思う。もし外国とか舶来宗教が、日本を宗教に目覚めさせる意図みたいのがあるならヤボな考えだ。そして日本には宗教はムリだと考えて、社会共産と外様が考えたならソヤな考えだ。この外来の〈ヤボとソヤ〉な考えで日本は二重のダメージをくらう。日本も世界も、日本までもあまりの失敗に呆れてる。

江戸時代の神道家・山崎闇斎が編んだ『拘幽操《こうゆうぞう》』に登場する周の文王は、不条理にも王の命令で無実なのに幽閉され、そしてそれは王の言うことだからとする。いわば王の言う命令に甘んじるを、よし、とする。英桃は思う。忠誠を誓う国家があるのかと。

◆メソロジーなのかもしれない

プリデスティネーションにしてもコーザリティでもメソロジーなのかも知れない。バーチューがグレイスになるのは予定調和という《神話であり人の話ではない》。バーチューをまたヴェルトゥ、生命力だ。英桃は実父パパの内心に関与しない、自由とする。「無い」、「無」のエディプス＊か。

＊エディプス・コプレックスの略。男の子が無意識のうちに同性である父を憎み、強い母愛を抱く傾向。

宗教熱じゃなく社会共産主義というのもわからない。英桃に言わせればエンゲルスの［資本、労働、賃金］も非科学的インチキ宗教的（例えば8時間と12時間が同じになってしまう）。社会共産主義とは、資本主義が円熟して資本と労働のひずみが生じるというモデルの説です。しかしどこの社会、世界に円熟した資本なんてあるか。アセットを社会共産主義が継承するのと思えない。社会共産主義は無神論。宗教、資本主義的にも金、社会共産的にも金であろう。仏的には羯諦《ぎゃてい》は逆締結。芸能や作品はよいか知れないが冷静に考えて、

何で強気を助け弱気をくじくのか逆じゃないか。武と公。弱点を突く、武としてのそ

れ、だろうが、公、として、そうなのか。

昔アメリカ人に、日本語でゴッドは何と言うか聞かれたので、「カミ」だと言った。ホトバシルカミか。英桃は格闘評論家*なので、格闘は見ないで評論する。英桃は格闘家じゃない。格闘評論家である。見ないでわかるの。何か知らんが案外わかるのだ。

私にはあの世もこの世もないが、人は一生懸命生きて、生きて死ぬ。努力目標狭義人為憲法も同様。

アメリカという国はいろいろで、ある州のあるシティでは、本物の犬が市長をやってる。犬の手だか足だかを、周りの者が持ってペタンとハンコを押すのである。アメリカ人民にとって上にたつものは犬でも奴隷でもよいのである。

*格闘的にとらえ論評する能力。格闘技などを見ずに、日常生活から戦争までを格闘的にとらえること。

黒澤明に『八月の狂詩曲（ラプソディー）』というあまり評判のよくない作品がある。原爆の話も出てくるので外国では不評だった。作品に出てくる俳優のリチャード・ギアが、大学の哲学科出身であることを知る人は少ない。その映画の中で、ある戦中派のおばあさん達が、八月頃それぞれにやって来ると向かい合ってだまって座っている。一言も何も話さない。ただ黙って座っている。しばらくすると帰っていく。そんなシーンがある。

戦中の特攻隊の生き残りは言葉少なげに、いやあんな思いはしたくないと言う。正直である。世相という空気は時として恐ろしい。特攻というのは、仕方なし上策ではない下策である。戦後特攻を美化したりする風潮もあるが。

あんな思いをしたくない、という下策（仕方なし）だということを考えるべきである。日本はそこまでやって終戦した。思い違いだ。

『仕方《しかた》』

暗きに　しずかに　さめる
若き　さめる　歌して世の空気

仕方ないのか　日の丸の
無し有る　なぜに　君あるも
仕方、仕方　よくよく思えよ
仕方なし前に　これ仕方なし
あれも仕方なし　と　する前に
泣けたっけ　なんに泣けての
幾億の　幾億の　朝は　やってきて
青き川は　衛星の　静止か
水面《みなも》は　うつす　小さき　反波《はんなみ》
ふるえるようで　あたたかく
これ　仕方なし　あれ　仕方なしするのか
かわも　は　あたたかく　君　あるのも
15のぼくも　今のぼくも　ひとつまえ、
世は　波か　反波か
やさしさと　愛と　前と　今と後《のち》と

くり返す　創生の　宇宙で
羽　のばすよ　マザーヴィと
あれや　これや　それ　そうか知れないが
なぜに　空気　きつく
エディちから　の　つまり　ウソと　生きるため

神々も　ほとけも　ゴッドも　ゴッズも　それぞれの
ほんとは　何を思ってる
書くに書けぬ　国際宣言28条　30条
なみだして　なみだして

平和地蔵に　いきどおり
平和観音　現実の　事々　能《あた》わず
思いなら
はと羽に　なにが化ける　このペンにも

ケチャップが　足りても　足らなくても
覆面ポスター　めがね屋の
レストランロボット風雪の　シャワートイレ
ドラックストアーにも　ピンポイントウィックにも
昔から　よくよく工夫の　仕方だよ
陰《かげ》に陰し　武蔵の
大木の陰、芭蕉さんも、夜かげの　木影の陰
黙す新陰の　見えぬ見　思い
スポーツゼリーも　売り切れ
乳酸飲料も　ゴミ袋も
醤油も　ケチャップも　牛乳も　売り切れ
店員さんがさがしてくれた　ケチャップ　どこどこへ
悲しさもあるけど　食べずに帰る　たぬき　きつね
一杯飲むかと　お店に立ち寄って
買わずに帰る　夜前に

朝も　昼も　夜も　イルカ頭の　英桃は
半分寝てて　半分起きてる
時計買っても　時計違い
母さん　生活に戻るんだと　そうさせないよな　何者か
目的持った何者か　その人たちが何者か
何の目的なのか　英桃は　知らぬけれど
世相の空気など　知らぬ
知らぬ人たちの　目的など
馬鹿と　つきあわぬ
いつも　そう思ってる
テロリストと　つきあわぬ
それでも　ママと　母さんの責は　英桃にある
いっしょに　いる
寝る子は育つ　子守唄
そら恐ろしき　寝る子も　起きる子守唄

『次第に』

英桃は　やることやってる　書く仕事
あの人たちは　御所暮らしで　良いんじゃないかな
ヴァイアス　多そうだけど
英桃は　文字でなにか　伝えられないかと
５７５７７でも　57でも　４拍子でもないんだ
字余りでも　長くなれば　サッとする
みんな掘って掘って　クリアスルー
そんな型じゃないんだよ
うたんなってないかい　あなた次第だよ
音もないメロディも　こころで演奏できるかな

『メロディ』

情報人間　だった
情報を　信じなくなった
マンガ　知らず
メロディは　ない

英桃の格闘評論はスポーツを見た、格闘技を見た、ということではない。子どもの遊びから料理、戦争なども格闘評論する。

アメリカへ行ってすぐアメリカ人に言われた。「日本には自動車の次にゴルフでやられた」と。ハワイアンオープンの話だった。海外で活躍してるスポーツ選手などは孤独である。周りにマネージャー、通訳、記者などいても。

『みなみあお』

少なくも、みっつ葵《あおい》、スタビライザー
熊さんも、浦島太郎も、室さんも
なっとう、御所、で　すけこさん、かくこさん
みなみあお（南葵）

『コーヒー』

グレイト、コーヒー、みたいかな
寄せ鍋の
パックでない、どこかの、ティーポット
チャンス　なく　いずこへ

シフティングか、メイド　ウサも
コーヒー、コーヒー、また、コーヒー
眠けの　コーヒー、眠いコーヒー
ああ　コーヒー
USウサMミ　コーヒー　ユー　エス　エー　USA
ねむ　めむ　コーヒー　また　コーヒー
ああいや　コーヒー　もうだめ　コーヒー
ひたすら　眠く　ぎりぎり　コーヒー
ロボット　コーヒー
香りも　風味も　わからぬよう
コーヒー　ヒコヒコ　コーヒー　ココ
甘い、おいしい、コーヒー　コーヒー

ハイスクール・プロフェサーズがカフェテリアなどで、目の前でコーヒーを注いでミルクを入れ混ぜているのを、英桃は見てた。「混ざるとこうなるんだ」と言うようであった。

『かさ』

ひだりに　走るも　嫌だけど
ヤボと　ソヤの　ダブルジェパディ
左を　なにしろ
レッドは　だめだ
あの頃は　宇都宮の　宮の橋
夜、夜、　屋台ラーメンだった頃
生まれる前から　昭和だった
宇都宮　屋台はみんな　屋台村
入ったことない　その村を

左に　レッズに　レフツムーバー
ヤボに　ソヤに　トリプルジェパディ
変わりがわり　みたい　昭和から
サイコパス　パス　スパ　パスタ
涙かくして　うたってる
かるく　かるく　うたってる
かさも　さざずに　うたってる
心の　傘は　おもすぎて
重すぎて

『どこかの』

トラブリたくないね　何処かの行村さん
ホント　知らないけど　酷いもんだ

いるんだよ　たくさん

『ぼんくら』

文化財の　詩人の跡家に　何回か行った
朝方も　夕暮れも
通って来た道　帰りながら
宇都宮でも　ファンは多い
日本一小さな　詩人の家と　聞くけど
劇場の　エレガント　思うんだよ
僅かな　電気　あったようだ
どう　鉄道　行ったのかな　馬車かな　歩きかな
見てた　夕暮れ　かえる道
小さくないよ　劇場は

お月さんは　詩人の　彼女たち　よう
帰りは　バックミラーに
彼女たちの　お月さん
一番　大きいのが　詩人の母さん
ぼんくら詩人の　彼女月の　シャープネス
やさしい月は　詩人の　お母さん

『早い』

キカイライダー　朝おきて
片足くつした　ぬけていた
早いぞ　早いぞ　ジョイン　ジョイン
半タイツの　ジョイン　ジョイン
おひけえなすって　ジョインさん

ジョインさんも　隠してるの
右目を　左目を

『ホトトギス』

あんた　理屈が　多いのね
英桃　ホトトギス　言えば　言うよ　ホトトギス
能書き　多い　ホトトギスね
三度笠も　静かなもんさ　ホトトギス
三度七回　ホトトギス
八回で　開くのね　ホトトギスさん
半開きさ　いつも
英桃　ホトトギス

『おもちゃ』

夜10時前　パーキングロットを
車両は　10階まで　スパイラルに　かけのぼる
電気店は　そこにある
アイフォーカスの　ムービーカメラ
テレビスクリーンズの　海外の街々
10階　前見る　電気ビルズは　おもちゃみたい
スイッチは虫　草原の虫の音　庭にも　聞こえそう
部屋の　光る虫　小さく鳴く　音
おもちゃビルと　原っぱと　庭と
ご飯と　米つぶと　夜の虫音と　光る飛行機と
星と　草原のマルチクリエーターと
スクリーンと　スクリーンと　スクリーンと

山けしきと　川と　マンハッタンと
車両と　ウインカーと　ワイパーと
マルチクリエーターと　虫　虫　虫
生産性と　夢の島　虫　虫
メッセ　メッセと　おもちゃ展
おもちゃ作りか　発電所
半減期　二万五千年

『遅刻』

「ザ・が付くほどの、トラブラーだった」
歯　磨きながら　シャワー
その手はなあに　注意された
器用なもんだが　手にいっぺんに

ナイフに　フォークに　ボールペン
洗面器に　歯ブラシ持って
そのまま　クラスに　走って入ったら
先生も　クラスメイツも　みんな　唖然と　呆れていました
カフェテリア　夢　希望　遅刻　遅刻　また遅刻

『カレー』

手ごろなカレーにしようかな
あったな　そうしよう
ピリ辛からあげ丼　炙り焼チキンと　だしごはん
母さんと　神さんに買ってと
カレーと　女の子の　手が伸びる
買いはぐって

違う店に行く

『おいしいよ』

甘い　ようかん　お好きかい
甘い　ようかん　お好きかい
鬼《おに》ようかん　おいしいよ
しょうゆ　せんべい　お好きかい
しょうゆ　せんべい　お好きかい
おいしいんだよ　鬼《き》怒《ぬ》せんべい
おいしいんだよ　鬼怒川せんべい
かたくて　堅くて
歯がたたない

12 風呂屋の番頭

かつてアレクサンダー・ヘイグさんは言った。その後生き延びるのはアングロサクソンホワイトであるべきだと。

パパは「オレは日本人だ」と言った。英桃からすればろくに何も考えてない日本人だ。モニターセクソロジスト＊でもある英桃は、一人で風呂屋の番頭でもやってるみたいだ。

裸の王様を見ぬいた少年はそんなに偉くない。

＊モニターセクソロジー……スケベ作品鑑賞などのこと。

「王様が裸なのは当たり前だ」。何もできない。番頭などがいなければ何もできない。食事の箸も持てないような腺病質である。

男性だか女性だか異性に色気を出すよう転換させるのも大変だ。ヘアを稚児のようにしようかとさえ思ったことがある。

マッちゃん母さんがラジオのローカル放送を聞いてた。何か黒田節が聞こえた。英桃はぶしぶしてないし、何かイヤな気だった。酒も飲めない、陶磁も知らないパパは〝ぐい呑み〟を集めていた。パパの遺品のぐい呑みを整理してたら、中からチョコレートボールが出てきた。パパは最初からこんなのはチョコレートボールだと思ってたのだろう。昔パパが言ってた。学校の試験か何かで、わからないので答案用紙にグリコと書いたそうだ。学校の先生に、グリコって何だと聞かれたら「降参」だそうだ。

パパは英桃の話は一切聞かなかった。アメリカや諸外国では銃が自由である。銃というのが日本人にはわからないようだ。「銃は自由かつ老若男女子どもまで使える平等なもの」である。そういう国々ではたとえ上手でも、ふざけて生きることはできない。ふざけではない「やる」ほうも「やられる」ほうも、それぞれの『覚悟』でもあろう。

［自由の覚悟、民主 ∧ 自由、民主より自由］

英桃だったらどうせストリッパーなんだ。どうせショーなんだ。「ショーが好きならショーを見てろ」と。

英桃の歎異抄《たんにしょう》というのは、抄しく異なりを嘆かないである。みんな多種多様最大の自由がよい。人に危害を加えなければ自由は最大がよい。

英桃は、偶然はないと思ってる。「ランダムディクショナリーにランダムはない」と思ってる。では偶然とは何か。創作された偶然でホントは偶然ではない。テクニカルに偶然はない。

英桃は幼少の頃、秋葉原の路上で備品販売のお兄さんに「この部品何?」と聞いた。50年も前のことである。お兄さんは、「わかんねえだろうなあ」と言ってた。その幼少時の延長の英桃である。

『歌いたい』

歌いたいな
そんでもって　なんだかんだで
歌いたいね
そんでもって　なんだかんだで
歌おうよ
そんでもって　なんだかんだで
そんでもって　なんだかんだで　どうしたの
そんでもって　なんだかんだで　なんだっけ
イルカの　あたまは　半分さ
おきてても　ねてても

13 チャイルドイズファーザーオブアマン

政治は基本ひとりみたいなもんだ。
英桃は小学校の卒業文集に「僕は将来政治家になりたい」と書いた。
英桃は思うのだ、その人その人の政治があると。

14

二人の母

『おんなぼし』

母さんと　ママは　わかるけど
英桃は　おとこぼし
おんなぼしを　知らないの
おとこぼしの　中の　おんなぼし
ママ　何か　知っていた

母さん　何か　気づいてた
女　星にも　男　星
つないでるんだ　マザーヴィは
エディ　ちから　ウソつけと　言うのかい
叩くと　二つ　ビスケット
どうせなら　浜辺で　地球　スイカ割り
日本列島　からてチョップ
宇宙人の　英桃は
とりあえず　火星から　やって来たけど
母さん　ママに　ウソつかないよ　英桃は
英桃　詭弁師じゃ　ないもんね
マザーヴィーナスプスは　つないでるんさ
おとこ星と　おんな星
流れでも　流れなく
川面は　青く　小さく　ちいさく　静かに　しずかに

きらきらと
流れどっちなんて　どっちなんて
はんなみ　かわも　反波　川面
小さく　小さく　静かに　くり返す
きらきらと　青い　かわもは
おんな星に　近づくと
赤み　みたいな　ほほのよう
ママは　おまたで　あたためて
母さん　あったか　お手手でね
おんなぼし　知らない　英桃の
つながってるんだ　マザーヴィは
しっかり　いつも　しっかりと

キリストさんの西暦2021年、令和三年の一月。英桃56歳。英桃は歴や年号にそれほど興味がない。せいぜいたったの約二千年。

随分と原稿を書きながら整理し、時間が経過した。英桃の思いが伝わればありがたい。英桃の桃はママから流れてきて、母さんにすくわれた。英桃は幸せである。英桃の中には母さんとママがいる。幸せだ。一人の英桃に二人の母がいるのだ。二人の母以上の幸せはない。

英桃はいつも二人の母、母さんとママと一緒だ。この世もあの世も生まれてくる前も「無いという、ある」。いつも、育まれている。母さんとママは英桃自身を含め「内」にいるのだから寂しくない。「社会性なんて」と、母さんに言うと、「英桃はちょっと冷たい」と言われるが。

母さんの出来事は令和元年年末の冬だった。英桃は一緒に自身の「内」や部屋で母さんとママに話しかける。

『プラネッ統《とう》』

ときどき　見に行く　ペットプラネット
母さんも　英桃も　ペットは　ダメ
母さんと　見に行く　ペットプラネット
ときどき　見に行く　ペットプラネット
プラネッ統《とう》
英桃は　ときどき　調子合わぬ　出張院
そうだよ　母さん　血統書は　いつも　寝てるよ
見学できますか　見学場ではありません
一般は　入れません
帰りに　よった　馬事公苑
研究所　でした
プラネッ統《とう》

英桃は　ときどき　お豆腐
プラネッ統《とう》
研究所は　しもつけに　移動しました

『一般』

一般ですか
神社さんで　言われた
一般以外　あるのか　おもった
ここは　車で　入らないで
別の　神社さんで　言われた
そうします
夕方　神社さんの　灯りが　灯ってた
誰か　訪れるのだろう

一般でないことも　あるもんだ
神社　さんさんの　たね　まきまきは
ぴったと　ぴたっと　届いてくるもんだ
英桃　まえ　まえ　まめ　お酒
英桃　いちばん　うしろに　いるのに

『イス』

プリント紙の　イス　イス　イス
誰　作り貼る　プリントの
誰　折りはこぶ　折りたたみ　イス
能　会で

『茶碗』

きれいに　なるもんだな　茶碗に　洗剤で
コピー　苦手できない　英桃は
お見舞いで　病室ちがうようだねと
英桃　病棟から　グミを　とどけて

『ある皇女たち』

毎つき　一度　うなぎを　食べいく
竹ノ塚　皇女
全くこの人の　おかげです
維新前に　もどるのね

15 ヒデカ

英桃。

本名・英和が生まれた生家は、母さんとママ、母方の旧実家宅内の隣の小さな屋敷だった。

近くの小さな神社さん側にドブ川があり、反対側には馬が何頭もいた。

母方の実家宅の旧家は大きな屋敷だった。今はないが、裏手には常盤荘や清水さんという宿泊所があった。

旧家で大所帯であり、母さんは三女、ママは四女、長男さんは徴兵に赴いたがすぐ終戦だった。その頃は食べ物に不自由だったそうだ。長男さん、つまり英桃の叔父は徴兵帰りにお嫁さんを連れて、お砂糖が入った大きな袋を持って帰ってきたのをおばあちゃんに怒られ、おばあちゃんと砂糖をドブに流したと聞いた。砂糖が佐藤になった、ではないが、英桃たちが彼らのそばに入った。

旧家は次男さんが継いでいた。小さい頃から英桃は、見た目は強そうだが本当は弱く女の子のようである。だから英桃はみんなから「ヒデカ」なんて呼ばれてた。ヒミカではない。よく「英桃は女の子だったらよかったのに」と言われた。

母さんとママの実家の旧家邸内の隣近所で、従妹たちは幼小の頃に石けり遊びなどやってたが、英桃は見てるだけだった。つまりゲームは一切やらない。いわゆる、あぶら虫というヤツである。

英桃がハイスクールの時、スチューデンツシアターで『マイフェアレディ』が演じられていたが、英桃はスクールシアターは行く機会がなかった。

休み中に語学校へ行ったとき、マンハッタンへ行って観覧したのは、ロングランの

『キャッツ』ではない。裸で演じる『オー カルカッタ』だった。周りの人たちから「前方で見るとよい」と言われたが、そうでもなかった。内容は覚えていない。スクールの女教師は「マイフェアレディはそもそも発声のイントネーションすら違う」と話してた。

英桃にはオイディプスがほぼいない。そう言いきりたいのだ。「父、母、子」ではなく「ママ、母さん、その子英桃」なのである。ベッドに枕が三つある、ひとつは英桃のである。

英桃の留学の記憶に、いつもグリーンホワイトの絵画がある。
スクールや街々などの人々を見まわして、白は白と、黒は黒と、ないんだよな。
コントラストは、自然そう。

『宮天《みやてん》』

半令《はんりょう》か、英桃は
おどろいた　驚いた
退位決議、全員賛成、反対なし、棄権なし
それは、女宮《おんなみや》、みやてんたちを
思ってるけど

ハイスクールの時、英桃は家庭教師の女性先生に、「そのうち世界各国のリーダーズは女性になる」とユーモアで話した。日本の場合、英桃は女性天皇論である。

今日も、英桃は内なる母といる。「社会性なんて……」と小さくつぶやいてる。

英桃は約二年前、所院入院した。周りはみんな、なにか抜けてるが、随分優秀な人達だった。ドクターズはみんな、東大クラスだった。所院入院中は紙も鉛筆もなかった。

ノーベル賞ニュートリノ受賞者の、学生への答案は、「白紙が解答」だということは前から知ってた。

世の偉人たちは、時に落第し、時に落ちこぼれ、時にふきこぼれる。

教育は基本を教えるものだ。

或る、すぐれた数学者が言いたかったらしい。ペットのようになりたいかと。

MV　マザーヴィ

マザーヴィーナスプスの英桃

『まっすぐ』

まっすぐ行く　まっすぐ行く
マザーヴィと　いっしょに
まっすぐ　まっすぐ　マザーヴィと
すると　ここに　もどって　ちょと　ずれる

自由主義に危険思想はない。英桃は危険行動家ではない。

『大きな世界』

月曜日に　思うことは　大きな　世界のような

何が　大きくて　小さいのか
火曜日に　思うことは　大きな　世界のような
何が　大きくて　小さいのか
水曜日に　思うことは　大きな　世界のような
何が　大きくて　小さいのか
木曜日に　思うことは　大きな　世界のような
何が　大きくて　小さいのか
金曜日に　思うことは　大きな　世界のような
何が　大きくて　小さいのか
土曜日に　思うことは　大きな　世界のような
何が　大きくて　小さいのか
日曜日に　思うことは　大きな　世界のような
何が　大きくて　小さいのか
寝ぼけて　思うことは　大きな　世界のような
何が　大きくて　小さいのか

16

粥

『いつつハク』

誰でも、箔が揃うのは
おもしろくないものだ

『わかち』

お豆腐とさやえんどう、食べなかった
こころ母さんと、こういう所で
すみませんと　食事わかちた
公費で病棟　小さな牛乳
パックに　相談電話フリーダイヤル
戻ってくる　はじめの10円もない

『孤宙《こちゅう》で』

音は 無い　メロディは　無い
孤独な宇宙で　孤独では無い

17

3つ　3つ　VC

『アドバント』

テロリスツのよう　アドバントする
マザーヴィは　オイディプスによって
てんじる　装填《そうてん》しやすい

馬鹿利口に悪いのは、非は非としても司法行政を利用し英桃を留置入院させること。知恵では簡単だろう。ゲームだろう。

オリンピックでない、檻に入ってた英桃は、非は非として普通である。「それでホントに普通なのか？」と疑問するのだからわからない。

『令』

令和　はじめに　母さんと　すぐのちに　令状と
洗濯、料理、お昼ごろ
正直に　認めたよ　英桃は　外灯こわしたと
ずーと前から　英桃さ
英桃は　英和とも言うんだよ
令　は　申し訳ないけど
和　はね　むずかしさも　ヒーローだけど

げんじつは　攻めまもり　いっぺんに
それが　ピーチ　だよ
マザーヴィは英桃の　桃源郷さ
裁判所で聞いたんだ、令　の記録は無いんだって…

『ヴァジャイ』

桃は　流れる
ヴァージンママから
ヴァージン母さんへ
ヴァージン英桃は

◆世界は恐視

とかく日本史は力による。

英桃は思う、世界が日本の本来の力のリードを恐視してると。世界もそろそろ気づいた。日本の近代戦争は権力ではない、権威で戦ったのだと。日本本来の力でなく威だと。だから気がついた。

世界は日本の力のリードを恐視するのだ。日本は権威の威であれほどやるのだから権力、力はどうなのかと思うだろう。


英桃はティーンエイジャーの頃にワシントンDCのサイアンスミュージアムで零戦を見て、「ゼロ戦かあ」と思った。英桃と世界の中人々の考え方は違うだろう。その人々は「悪夢」と思うだろう。

また、ある人達は、天皇でも将軍でも「ポペット」と言った。「コンプラドール」と呼んだ。操り人形。妙に変でないか。でくのぼう、と言う、くぼう（公方）様ではないでしょうか。

英桃は社会や共産が聖人願望とは思えない。これは英桃の児童体験。そのころママも母さんも大変だった。

僅かな児童だった英桃は、母さんをマリリン・モンローだと思ってました。ママと姉妹のモンローの初婚は、小さい英桃には、とてもとてもきれいな花嫁でしたが、わずかひと月で新郎に早立たれてしまいました。その大変だった頃、英桃たちは共産から追い出された。

「なんでそんなところに」母さんは、いや、モンローは言いました。英桃は「姉妹の実家のおばあちゃんの遺言だったんだよ」と。実は兄弟姉妹の長女は別女だった。その、赤の他人の共産の夫の家で酔っぱらって、扉をガタガタ叩いて、児童の英桃は怖かった。そして追い出されたんだ。「いやだね、酷いね」とモンローも言った。

英桃の、左側を、全く信じない原因のひとつは児童体験かも知れない。

『無言と公《きみ》と』

無言武士　公《きみ》の言《げん》
無言武士「……」
小さく　公は「どこいくの　まざびー」と
母さんも　ママも　大変だった
あの頃　文筆さんの　出来事あった頃
赤色旗に　追い出され
信じてないよ　赤色旗の偽物も
文筆さんの　偽物も
英桃は　ひだりを　信じてないよ
文筆さん　やっちゃたのは　エディに　思うけど
ヴァーサシングでも　シンパジアでも　ないと思うよ
英桃は　憂い　憂いは

そして　それはね　インピリアルイッシューと思うよ
エディみたい　やっちゃったけど
だけど　英桃は　ほんとは　ほんとは
文筆さんも　マザーヴィと　思うんだよ

ママの出来事はずっと前だが、母さんの出来事は年末寒い頃だった。昨年は夏から所院生活し、母さんの一周命日の前日に退院した。年末にカーアクシデントで、ひとつき謹慎していた。

MV　マザーヴィ

マザーヴィーナスプスの英桃

18

イーズィ　ドトマズニ……

英桃から見ると率直に言って、人々は頭の良い人を、子を作ってきた。

しかし、やさしさとは何だろう。それは頭が良ければ、厳しくもやさしさはあろうけど。

本当に頭の良い子はやさしくあれ。take it easy は真のやさしさである。英桃があてにしない意思。

しかし、それは本当に賢ければ take it easy やさしさではないか。英桃が芭蕉の見た捨て子で拾われた桃、岸壁の母の杖であるならば。母さんとママ、二人の母以上の幸せは英桃にはない。科学も『やさしさの科学』を探り出した。ほんとうに「やさしい」かわからない。

幼少の頃、絵本の青い自動車が好きだった。ハイスクールの初めころは、小説『勇者は語らず』を読んでいた。カフェテリアでは好みのボールペンを持ったままナイフ、フォーク、スプーンで食事していた。シャワーを浴びながら歯磨きした。授業にはよく遅れて、ザがつくほどトラブラーだったのかも知れない。キャンパスで雨の日に傘をさしたことがない。帰国して機会があり、訪ねた目白の先生邸からの帰り時、雨で傘をいただいた。

春夏秋冬年中寒い雨。ママがおまたに足をはさみあたためてくれる。母さんはあたたかい手で。母と指きりした。ある。無いは無い。

所院生活中、大統領選だったようだ。一月ごろジョー・バイデンさんが就任したらしい。英桃の約三か月未満の所院時、日本も政変で大変だったらしい。

ＭＶ　マザーヴィ
マザーヴィ
マザーヴィーナスプスの英桃

19 内に二人の母がいる

内に二人の母がいる。オールウエイズ、幸せだ。寒いんだ。年中いつも春夏秋冬寒く雨。英桃の母へのわずかな責は生義である。あまり正義を言わない。生義は然生。頑張るのも自然だろう。

お風呂の湯沸かしの調子が良くなくて、湯豆腐がむずかしいんよ。らくだに藁を乗せ続けられたら転覆するかもしれない。

体格のわりに食事は少ないほうである。

英桃は自分がわからなくなる。二人の母。ママは何か知ってた。言わなかった。母さんも何か気づいてた。英桃は英桃自身わからないのだ。拝見拝聴しない英桃は自称格闘評論家である。なぜだろう。例えばクラゲは自身自覚なくも何かわかるのか。ママと母さんに英桃はよく言ったものだ。今でもそうだろう。

「英桃はスーパーマンでも超能力霊能力者でもないよ」と、英桃は母さんに話した。ママがこう言ったよ。「こんな子は三千世界さがしてもいない」と。母さんは、「英桃は三、四歳児だ」と言って笑った。深味の笑いだ。英桃は、「母さん少し成長したよ」と言った。

英桃の中も、母への責は自ら自然、然り責、生義、がんばる自然、然生と思う。

英桃は若き日を白状する。英桃は10代半ば以降にニューヨーク・マンハッタンの映画館に、日の丸腕章姿で映画作品『ＭＩＳＨＩＭＡ』を見に行っていた。マイケルジャクソンが何か腕章する前である。作品の終わりの切腹のシーンで、観客が「オーノー」と悲鳴みたいなのを上げていたのは今でも覚えている。ちょっと白状してしまった。一人右翼ファン少年だったのだろうか。

一人といえば今も英桃は、内の二人の母と一人である。英桃は日本論・日本人論をほとんど語らないが、すわ建国、防衛、憲法などと言っても個々一人ではないか。建国、防衛、憲法などと個々一人である。ベースである。英桃の場合、内に二人の母がいる。

20

近世の自由主張

『あまの夫』

あまの　おっと　ふときみは　タコである
あまい　蛸菓子の　凧である
松を　透明な　藤のようである
タバコの　あがる　けむり　である
けむりにも　パラサイトされてる

たくさんいる　にわかにも
みんなそう、というひとも　識　見解　言わない
また　片づけづらいのも
鹿児島鹿沼白花　優曇華みたい
葉っぱ　幕の内弁当　人参とタバコ

10数年前、原因不明の器官性の吐血で、特に異常はなかったが内科に二週間の入院が必要という診断だった。頑張って一週間で退院した。

お昼、母さんが好きなこんこんうどんを一緒に食べた。夕方、駐車場で吐血した。

真夜中、救急搬送。「来てください」と医師から、母さんに連絡があり、電気がついてたご近所のお兄さんの車両で、母さんは病院に来てくれた。夜中にタクシーは無かった。

救急室に、母がいるようだ。ありがたい輸血が漏れてるようで、英桃は血だらけ。

「まるで殺人現場だね」と、ナースさんは言った。

「だめか……」英桃は意識が薄らぐなか、般若心経をとなえてた。痛みで、英桃ははじめて気を失った。

気が付くと、病室に母はいた。やさしい、母さん。

思ったんだ、ハッキリ、堅く。母なる、マザーヴィを。わからなくても。

英桃は女医先生に「ここどこですか」「何があったんですか」と尋ねた。

「二、三日したら思い出しますよ」先生はそう言った。

英桃はベッドに。ソファーには母さん。やさしく、やさしく……。

英桃は強くないからとしてもhiddenmomoでもないようで。

ハードボイルドが英桃の言うダンディ。しかし、英桃が何か言うと、いざ鎌倉がイク鎌倉になる。頼朝さんもいっちゃったのではないか。幕の内などわからないもんだ。

英桃は春夏秋冬年中寒い雨だ。一昨年は所院に入院してた。ショートヤード。

人が「自然だよ」というのが少しわかってきた。退院時に女医さんが小さく拍手してくれた。うれしい。医師としてとか人間としてではなくて英桃はそう思う。

退院前にある男の人に、「なんで入院したの」と聞いた。男は、「悪いことしたんだ」と小さく言った。テレビでは大統領選などいろんな放送が流れてた。男は言った。「みんな悪いことして出世してるんだ」。英桃は黙ってた。

何も持っていなかった英桃に男は、「近く退院するから」と風呂場でボディソープをくれた。「たばこ代置いとくよ」とも言われた。英桃は受け取らなかった。退院時に男は言った。「もう会わないように」。英桃は、「こういう所ではもう会わないように」と言った。

英桃はその男が何をやったかとかではなく、男が言う事がもっともで、英桃もそう思うので黙ってた。他人様々とちょっとでも心を通わせられるのがうれしい。自然とそう思える。尚、入院中に何人かと電話番号など交換した。いまだ連絡はない。みな、そうなんだろう。「自然だよ」というのが少しわかってきた思いがする。英桃も男たちもやくざではない。英桃には無い狭をも、思いたいんだ。

実父・パパ方のおばあちゃん（長山さんと呼んでいる）の実家では昔、女で収入役みたいなのをして酷い目にあったらしい。たくさんの山々を持っていて、金屏風に囲まれる生活をしていたような良家に生まれたおばあちゃんの実家が、保証人になったせいで、八百屋をして生計を立てなければいけなくなっていた。なるな保証人。

マンガなどで系図や譜籍自慢があるようだが、ホントのところは違って、あまりあてにならない場合もあるようだ。

英桃の得意分野は政治、文化社会思想、ロイヤリティ。

Another worldsでもいつも一緒にいる母さんとママ。ママにも母さんにも英桃は笑いながら言った。「皇太子殿下になりはぐっちゃって」。二人の母も笑ってた。苦笑の微笑だ。元より武将タイプではない英桃は付属である。英桃もグレイテスト・シークレッツなのだろうか。英桃は付属の生涯であろうか。

英桃は母さんの二周命日のため、小さな子ども用みたいな卓上地球儀を、慰霊に来てくれた近所の人と、お世話になったドクター数人に返礼した。ママも母さんも何もやらなくてよい、と言っていた。新聞にも出ていない。母さんとそう約束していたから。

英桃はルソーに、（さも日本的表現だが）やわらかくて強固な、狭のような、どことなく強く寂しい陰影を感じ、去り行くようにも思えるのだ。


昔、学院の仕事で東大出身の講師に冗談っぽく「今日もそのネクタイですね」とよく言われた。

一昨年、英桃は所院に入院したでしょ。英桃の半分にも満たない年齢の少年が言うのですよ。「病院は東大クラスのドクターズですが、話してると動きが止まるようなドクターもいるようですよ」と言ってた。おもむろに動かなくなるか。東大も。

学院の恩師の講師が言ってた。優秀で頭の良い人がいたと、それでどうなったかと、冗談にもならない、病院へ行ったと聞いた。


入院前、英桃は近所さんにカレーライスを頂いて、とてもおいしかった。

昔から言われるのです。「一人で食べておいしいですか」と。いつもそうだった。所院で言った。「人並みの、が出来ないのです」と。

一昨年、所院でお茶に温度があるのを知った。きのうお風呂に入った。こたつがある。一服つける。幸せである。英桃のフランダースは生きている。

英桃は特に教育の話はない。

日常非日常の存欠《ぞんけつ》に限らず、長い付き合いの学友や社会人の友などは、それぞれに、一般的期間的定期的、さまざま。義務教育までは過程主義としても、それ以上つとに社会は結果主義だろう。

これはリアライズにあると思う。ふつう人は、悔いはないが未練は残る。英桃は生涯悔いはあるが未練はないつもりだ。その、ふつうの人達にとって「リアライズ」とは何か。では、英桃にとって「リアライズ」とは何か。英桃は、ふつうの生活、日常性か。英桃は日常喪した非日常であるなら、日常、すなわち普通の生活にあこがれたか。常に今、常今《じょうきん》を愛する。

それは永劫に、ある、のだから。

会いたい、ごめんね。英桃は話してる内にも二人の母がいる。

85年のプラザ合意で日本は富み、二倍金持ちになったのだから左団扇なのに、「苦しんで死にます」のような経路を日本経済は辿った。SMマニアは勝手だ。勝手に苦しんで死にますというような政治でよいのか。政治で良くしようとか正義感ではない、悪くなってる事を悪くしない事だ。

肥大化してるような各組織を通じてもほとんど届かず、かつ組織防衛してるようでもある。特に人命において愚かなる合理に陥らない事である。

おおよそ機関機関は、内外的でもあり外のことを言ってるようだ。しかし考えてみよう。ある機関員達はレジスターされた月給取り達である。

時に世界地図を思い、地球儀を見て考える。この小さな国、日本列島はしょっちゅう揺れたり風水害がある。英桃は、機関機関は労組活動闘争より、たちが悪いように思える。

「永久にビスケットを食べたいなら常に半分ずつ食べなさい。半分残るから」

これは詭弁である。日本列島ビスケットせんべいなんて、粉々で粉も残るまい。かつての政見放送にあった「歴史上デフレを克服した例は無い」の発言は意味深であると思う。馬鹿はくり返すとは言うが。

秘書でなくても、例えば会社のデスクの隣の女性のことを、本当にわかってるだろうか。

- When you wake up morning - 朝起きて「隣の女性は誰だろう」「この子は誰?」とならないだろうか。英桃は businessmen を否定はしない。business は忙しい悲喜であろう。

所院の中では、英桃が一番厚着していた。学校の旅行以来、初めてふとんを運んで敷いた。考えてみれば、英桃は「何不自由なく育った」と本当に言えるのか。入院中、英桃より半分にも満たない年齢の少年が、「友達いないんですか」と聞いてきた。身寄りも経験もないと言ったら、「童貞ですか」と言われた。

デパート・百貨店で、おいしそうな甘い物があったので何か聞いたら、半殺しのあんこというものらしい。英桃は謂わば、生まれながら半殺しで生を受けたような者だ。英桃はコンビニのゆで卵を馬鹿にしない。半熟のような作りが美味しく、作るのはむずかしいのだ。

お風呂の湯沸かし器の調子が悪いので、隣の宇都宮のサウナ風呂へ行った。

所院入院生活最初から、お弁当より「早く母さんに帰るんだ。早く母さんに帰るんだ。母さんと白いご飯とたまごひとつずつ食べるんだ。早く母さんに帰るんだ、母さんと白いご飯とたまごひとつずつ食べるんだ」と思っていた。

英桃は、「また変な事言って」と言われるような思い。早く母さんに帰るんです。心の岸壁に杖はある。

『帰ったよ』

母さんとクリスマスに　クリスマスケーキではない　ケーキを食べた
ケーキチョコプレートに　書いていただいた
「岸壁の母へ、帰ったよ」と

クリスマスも年月も無い。英桃は海外生活も長かった。自ら率先してクリスマスしたことはない。海外のスラム街ではクリスマスにクーポン券でペットフードを食べているようだ。英桃も日本人。「杖を心に手に銃の心」で、はじめて日本のクリスマスではないのか。

「銃の政治」の代替が「商いの政治」である。
ペンは剣よりも強し、とよく言うが、本当は剣に負けてる。本当は「銃の政治」は

「商業 金の政治」より怖い。

銃のように商業がある。金権が悪いと一方だけ人々は言う。英桃は、金は政治の代替と常々考えている。金権政治とばかり考えられるきらいがある。キリスト教でもない日本、日本人的かつ誠《まこと》、宗教的でない日本では、どうしても金が性悪と考えづらい。

政治においてもワルになりがたい。ある意では困ったものか。随分な事を言うものかと思われるかも知れないが、日本では手に銃のような商業、商人経済といっしょに、儲けの政治である。商業といっしょに、より儲ける政治である。「法と道理」は違う、その「現実」も政治である。

ただし英桃の政治の「基本」は言っておく。それは、政治は「古今東西、貧困対策と弱者救済」の現実でもあるということ。政治責任は結果である。説明責任は行政的能力である。政治責任は結果、「理念（ideal)」ではない、「具体的現実（facts)」である。

金権政治と人はよく言う。しかし、金と政治はあまり分離しないほうが良い場合もある。その含みは、歴史と言う否定的教訓で、政治は戦争等を行ってきた、その代替が金じゃないかと。

英桃はひとしずくを端緒してるのだ。昔、電車で浅草に行った。隅田川に差し掛かる頃、車内の隣のおじいさんに、英桃は大言壮言を話してた。

その時おじいさんは「あなたの言ってることはわかる。しかしできれば今、電車下の隅田川が綺麗になったらよいと思う」と言った。

英桃は何回かそのおじいさんの言葉を思い出す。英桃は森羅万象包摂や何かを語るのでもなく、川の水は海に通じる。海は豊かだろう、英桃は大海の豊かな打ち寄せる波が英桃の所に寄せる。ほんの少しの海水のしずくを述べるように、面前の豊かな大海の万象包摂ではないそのちょっとした手がかりを述べたいのだ。

豊かな大海がある。打ち寄せる波のほんのちょっとのしずく。世のからくりの小さき手がかり。解放の端緒の手がかり。例え見えなくてもからくり。アナザーワールズでさえもある自由解放の端緒のヒント。勇気。英桃も小さい頃から世になにか、からくりがあるかなと考えている。端緒。開放と英桃の何かは近い。

留学の国際線で隣の子女に、英桃は話しかけた。

「日本のかたですか」

「ハイ」

「やはりお勉強で」

「カナダまで行きます。カナダは勉強によいですよ」

「そうですか。わたしはアメリカまでです」


特に宗教を信仰していない英桃がヨハネを思った。クリスマス当日の夜である。英桃はキリストではない。例え英桃が律法を忠実に信義則しても、二人の母は英桃の心の神母なのである。二つの永劫創成する都に英桃も、ある、のです。

『バスターキャップ』

アイスクリーム食べてるような、かわいい甘そうな、
おおきなお化けは、別に、悪いでもなく、町に出没する

それをバスター（退治）する
心やさしいお化けなのかもしれない
しかし、どんなに優しくても、すわ、化け物
そのお化けは小さくなり、
ベッドに眠ってる女児を驚かせないように
そっと頬に近づいて見守ろうと
するとその時、女児は目を覚ます
キャップは「しーっ驚かないで」と
でも女児は気絶しそうになる
「だいじょうぶ」
女児はうつろぎ取り戻す
キャップはにっこりする
心やさしく、かわいらしい、すわ、化け物
「バスターキャップ」は　何か、伝えるようで伝えない
お化け生霊なのかもしれない

一昨年、所入院の食事の小さな牛乳パックに書いてあった、人権相談フリーダイヤルのことを思い出していた。

『譲らない譲さん』

男は譲さんという
男は裁判官に言った
「お前たち　降りて来て　ひれ伏せろ
その場で穴掘って　温泉湯つくれ
俺が入るから　体をながせ」

フリーダイヤルで10円は戻るが、当時、英桃はその初めの10円も持ってなかった。二年前母さんの出来事の前日に、公衆電話で10円を入れたが繋がらず。仕方ないのでまた10円を入れて母さんに「遅れるよ」と連絡した。母さんは前日、元気でヒレカツを食べて喜んだ。

後に英桃の家は或る電話会社を解約した。10円取られたのは忘れない。

法務大臣経験で初めての女性官房長官であった地元の先生が亡くなられた。家の玄関前に季節外れのコウロギバッタが倒れてた。寒かろうと、英桃は庭の芽の葉をかけてやった。

若き日、英桃は訪れた或る事務所で、かつ丼をご馳走になったことがある。

母さんと話した。今でも話す。若き母さんが勤めていた会社の社長さんはこう言った。「私はお風呂にフタがあるのを知らなかった」と。英桃は何回もその話をして、母さんと笑ってる。「母さん、社長さんって偉人ではないですか」と英桃は言う。そして二人で笑う。

ひとっプロ浴びるプロ懐かし。

英桃は帰国して早々、面白いおじさん宅に遊びにあずけられた。任侠さん宅である。英桃はヤクザではない。遊びにあずけられたのである。

今はその昔、任侠さん達もすでに実業家さん達である。名は言わない。個人的にあずけられた。若衆さんたちを横目で見ながら……。

英桃はその世界の人ではない。普段は面白い人だがその世界の総長である。警察に睨まれる理由も英桃にはない。

面白いおじさんの口癖口上が、「ひとっプロ浴びるか」である。英桃はいろんな世界のプロを見てきた。そしてその出来事も聞いてきた。だから、英桃自身はプロが怖いんだろう。

プロがいなくなった。ひとっプロ浴びる人懐かし、その人、プロ。英桃の風呂プロは何でも受け流すものだ。英桃は風呂プロ覚悟で書いてる。

『ぴーろー、』

母が、リヤカーを引くなら一緒に引っ張る
マザーコレッジとは何だろう
女が母たる悲しみの勇気、その悲しみを理解する、子の勇気
英桃、英和、ピースフルヒーローと言うより、ぴーろー、
英はアンチヒーローイスティクヒーローでもあろう
ニヒルなカッコでもないのでは

或る華族貴女のおもいでの著に、貴女の詩集から作った映画作品によせて、華女は映画を、「面白くつくる作品は、うらやましい」と言った。「んっ」と英桃は、Bobby Veeが歌った日本の流行歌のはじめをちょっと聞いた。歌唱は良い。英桃は留学で涙無く悲しみも無く、平然と、孤独自体あたり前で、エネルギッシュでもなく、整然と、昼夕、歩いた。母さんとママに見守られるように。暑いというより、熱《ねっ》シャワー、寒い雪とい

うより、重かった。「ロボット ボーイか」と、つぶやくように。

良く知られた、或る、ファミリーの絆の写真。ジュニアは近くのヘリコプターが面白いようで、走ってる。英桃が持っている数少ない母さんとママの写真は、すましてるようでいて、英桃には真っ直ぐ前を見てるように観える。

辛いは、テンプチュアー温度みたいだ。ホットと言う。甘いのも疲れによい。たとえば、雪のバスチューユにうもれ眠ってる、ボーイ英桃は、誰にでもなく、ベルナの寒熱を透明に放したいものだ。

『ほボほのほ』

おさなごころを、大事に思います
児院にある、絵本に差し込む光り、のような、あたたかさみたいに

文武を両道できない
武人に、はっぱ、するようでも
見えない、米の青さか
冷静な、爆発しない、タバコの導火線か
あの、青い少年は現れるようだ
スイート&サワー メニューは酢豚みたいだ
それにしても、青い米は…
光のあたたかさは
フィラデルフィアでストリップは
ステージ上で、ストリッパーとマネジャーが喧嘩になり
上演、中止になった
「みんな、仕事してんだ」
ステーション近くから、一人走り出た
夕、の雨の青さです

英桃は父方を評価しない。

英桃は幼年期、学校で100点を取ってこないと、父にビンタされた。100点でないときは早めに「今日は100点じゃなかったよ」と言いつくろってた。父の機嫌が良ければ、ビンタはなかった。もっと幼少の頃は、父はビンタばかりだった。

叔母が止めようとして、どんなに痛いか叔母が父をぶってやろうと言ったが、父は「オレの子だ、どうしようが勝手だ」と言ったらしい。実父に、英桃は物心つかぬ頃からビンタされた。小さい頃、予防接種の注射があった。子どもたちはみんな泣いていた。医師が言った。「この子(英桃)だけだよ、注射で私(医師)を、にらんだのは」


一昨年の所院入院はいつもと違う病院、先生方だった。フリーダイヤルの10円が無かったが、福祉タクシー券は家にあるので、ケースワーカーさんにフリーダイヤルでタクシーを呼んでもらい、そのタクシーでドライブスルーに寄り、フライド・チキンを買って食べた。あまりおいしくなかった。味が変わったようであった。スイートポテトもコンビニで一度買って食べてみたが、甘くなくておいしくなかった。

外は赤色旗に思えた。当時首相はベトナム外遊を控えてた。所院にテレビの音が聞こえた。何か、日本取引所グループのシステム故障があったらしい。

自称「一人日本教国教会」の英桃にとって、ある、無いは無い。

英桃は幸せである。内に二人の母がいる。

しかし、女が母たる子を持つ、母の悲しみを知る、子の勇気。英桃は、不幸せである。神様がいるなら、そして死後裁きがあるなら、英桃を幸福にしてくれる母と、その母の悲しみを知る、勇気の親不孝。英桃は、願わくはいつも母と共に天国に行きたいと願う。

英桃には二人の母がいる。

親不孝英桃に二人の母がいる。あった、無いは無い。

母さんに話したことがある。英桃は昔、靖国の広場で一晩を、一人で明かしたことがあると。「わからないけど、かえったよって、言いたかったんだよ」と。母さんはおだやかに黙ってた。

終

ユアウエイズアイウエイズ、ある

英桃は、人に対しても自分に対しても「ごめん」したことは無い。人も自らも許したことは無い。会いたい別れの世界ではない。

『及ばず』

Hidemomos それに及ばず
Knowing, This no enoffes

英桃は、及ばないことはわかってる
表現してるのだ
Mother Venus マザーヴィに
逆光《ぎゃくこう》　逆射《ぎゃくしゃ》逆影光《ぎゃくえいこう》する僅かな
及ばず英桃に…　Mother Venupus に…

『そんな国』

人も自分も　ごめんしない英桃
平和で　自由で
悲しみがない　別れの無い国に
英桃は　内の二人の母と行くのだから
自由とスピノザ思っても　自由を知らないのだろう
平和も、　自由も　悲しみがないも　別れがないも

人も自分も　ごめんしたことがない英桃
だから　そんな国に行くのだろう

英桃は、甘えて育ったと思われる。ある日、母さんは言った。甘えていいよ。
「んーっ」と英桃は思った。母さんは、気付いたのだろうか。この子、この子にとって、
英桃は、本当は甘えがなかったと。

『もったいない』

英桃は無宗教である
無神論ではない
英桃はオイディプスはない
英桃には二人の母がある

母さんとママ
英桃の母である
英桃はもったいない
生まれて来なくても、生まれて来ても
ボーイ英桃に育っても
生きて行くのも、死んで行くのも
宇宙も、神も、ゴッドも
イマニュエル・カントも
トーマス・ヘンリー・ハックスレーも
フランシス・ゴートンも
主観も客観も、ベイトソンも、スピノザも、自然も
英桃は恵まれてる
英桃は　ある　ということがわかったんだ

ベッドにまくら三つ、ひとつは英桃の。

英桃には母がいる。
I have two moms I have Mother inside nothing else. Exist before exstion nothing non after also. Hidemomo.Your Ways I Ways. lowtable prince Puri.
英桃には帰るところがあった。日本である。家でI have two momsある。二人の母である。
内に二人の母がいる。心に杖はある。折れて折れない夭優《ようゆう》の杖である。

この子は誰。永劫の、マザーヴィーナスプスと共に。

この子はだれ。英桃。
良い子、悪い子、英桃。たぶん、マザーヴィーナスプスの子、英桃。自慢でも、自慢でもない子、マザーヴィーナスプスとある永劫の子。たぶん、弱い子。永劫に、たぶん、

強い　マザーヴィーナスプスと、ある、子、英桃。

力に変わる、力。なんだろう。たぶん、いけない子。英桃は、あるいは、風の風の風。矛盾を透突《とうつい》*する、或る、いけない子。女の男。力に、変わる力、マザーヴィーナスプス。

透突、なのかな、錯覚なのかな、いけないのかな。

*透明な心のように押す、もしくは触れる感覚。

英桃は、実は、ママ、母さんの出来事まで、そしてその後、いや、前後も、母の、おっぱい、をほしがる。

英桃のマザーヴィーナスプスはエロスではない、英桃のアガペー、そんなに優れていないが。生誕したばかりの赤子が、おっぱいに吸いつくような、或るインスティンクト（本能的）な思い。この吸引力は、性的とは思えない。

『ヤマ（山）』

ママとの会話
英桃はママへ言う「ペーちゅけ」
ママ言う「ベロンでしょ」「大事なものだよ」
英桃言う「おれの、おれの」
ママ言う「だれか、女の子に手をだしたらどうするのよ」
英桃言う「おれの、おれの」
ママ言う「ママの」
英桃言う「違うよ、おれのだよ」
ママ言う「ないないしようか」
英桃「おれの、おれの」「おれの、ぺーちゅけを、だっせー」
「ペエちゅけを、だーせー」
ママ「またペーすけか」

英桃「おれのだ、俺のだ、俺のぺーちゅけだ」
英桃は　おれの意外興味はない
ママ「ママからいくぞう」
ママ「死んだら、くっつけといてやるね」
長く患い、わずらわされた英桃
しかしその前から、そうなんだ
母さんと並んだベッドで　英桃の手が伸びてる
母さんは言う「境界線だよ」
それでも英桃の手は伸びる
母さん「侵入してるな」
母さんは反対を向いてしまう
朝　あたたかい手で　英桃の手をにぎってる
ある日　母さんは「ハイ、さわりなさい」と
前半身だして言う
英桃はあまりに大事なもので　さわれない

夏暑い日は横から、ベッドで母さんが横になって休んでる
ヤマ（山）をじっと見つめる英桃
「かいじゅう」と母さんに言うと
「言ったなあ」と笑いながら少しかなしげそう
英桃は「三、四歳児だあ」と
母さん　少し成長したよ

こんな話をするのも、何か「マザコンじゃないの」と言われそうだが、違う事を言いたいのだ。英桃は、女性から警戒されない。なぜだろう。女性達は、英桃にバスト（むね）は隠すかも知れない。だが英桃が、所謂、変態であるなら、なぜ英桃は幼少時より女性に警戒されたことはないのか。

英桃は幼稚園、義務教育は日本で受けた。小中学で英桃の担任は、中学終わりまで女子教員だった。15歳で留学したハイスクールは女子校の要素を含んでいた。大学は教員

や学校の期待に応えられず中退した。バスケットボーラーにも関心は無かった。実はハイスクールの推薦入学はニューヨークマンハッタンのカレッジだった。共学だが少し前まで女子大学であった。学校はよく考えて行って学ぶべきだ。家賃が高そうなので行かなかった。

学校はよく考えて行き学ぶべきだ。が、本当は踊ってるのではない。踊らされてる。学校は行かし学ばされてるのだ。

英桃は「どこの大学院ですか」と聞かれたら、冗談で、「大学院は病院です」と言うかも知れない。「男星の火星から通ってます」と。

英桃は満天の女星を探り話してるのだ。

また、英桃の手が母さんのベッドに伸びる。やさしい脳内突起を求めるように。「変態だ、変態だ」と冗談に母さんは言う。「変態じゃないよ」と、英桃。

女の男の、女知らずの英桃が女を考える。

男女の生誕は医学などで説明はある。しかし、そもそも何なのか。ライブラリーで女体図を見たがわからない。女の男の英桃は、「異性は異星にある」と思う。生誕する子はジュピターなのか。医学などで、このように男の子になり、女の子になると言うが、そもそも男なるものと女なるものは異星人を含んでないか。異性は異星と言ってるのだ。男なるものと女なるものは違う天体から来たのが含まれている。

英桃は16歳ごろ、ハイスクールの寮で性科学者の世界大会の記事を読んだ。その中で女性のエジュキュレーション（射精）についての発表があった。日本人の出席は殆どなかったようだが、会場の女性科学者達はスタンディングオベーションだったようだ。そのような、「未知との遭遇」は、英桃は未だない。

女は奪われることによって奪う。英桃はすでにどこかで奪って奪われてるのだ。

ママは言った、「こんなのでよいの」と。母さんはベッドサイドから、かるく英桃の頬を何回か叩いた。英桃がかなわない、及ばない、それはマザーヴィーナスプス。弱い英桃といつもあるのに及ばないのだ。

『神様よりも』

事象は創作されてる
例えそうでもsomething like this.
英桃、英和 like analize this.
英と和のI WARしかし同時にNO WAR but critists.
この世はキング（クイーン）に、ヘヴンは神に
女の男英桃　女知らぬあれこれ世、異星
エディプスよりよりも
制御するも、義人
カント、スピノザは、神、自然、義人それ解放自由
人に長くいないかも知れないは
たかが2000余年を凌駕する
皇宮詩、時空を超へて　その気迫

見よ、こころで、南と北
ポアンカレすら凌駕する
英桃の天皇論は女帝論
血統と皇統 帝位 皇位
ロイヤリティズノーティス
再スタートしたスマ、シュメール、
バビロンメソポタニアインダス黄河
二人の母　英桃のサライとハガール
マザーヴィーナスプス
別（ラハム）にて
to be to be anyways to be, to be forever forever and forever.
永劫のマザーヴィーナスプスと英桃

『呆守《ほしゅ》』

I WAR he war but same Im not war but critists.
証拠は証拠「英桃」一様《いちよう》の生《せい》二人の母と、
永劫のマザーヴィーナスプスと
〝勇者は語らず〟そして少し話した
帰国子女、英桃、子女児　自由　覚悟
英桃呆国
バスチューユではないバスチューユ
風の、自ら護れないのか、困惑か
呆守　英桃マザーヴィーナスプス

#『寒い人』

逆らいでもない
静かなる怒り凍逆、あついドライアイス、蒼逆
オイディプスでもマザコンでもない
マザーヴィーナスプスと
鉄分不足モスキートコースト
コールドハーバー みたいな
春夏秋冬、寒い人
見えない寒き、乾き、雨
拝見拝聴しない格闘評論
くらげは何かわかるのか
ちがうかも知れない
わかってるかも知れない

透突してるように
良くない子かも知れない英桃
少し成長しなきゃ
透射非らずも　心に銃
銃の心、知りたい
英桃は「心で透射せよ」と叫ぶ
母さんとクリスマスに食べた
クリスマスケーキではないケーキ
チョコプレートに書いていただいた
「岸壁の母へ　帰ったよ」と
いつの日か、心に銃
銃の心のクリスマスはいつの日か

英桃が留学し、ネイティブな人達ともお会いできたのも、吸引力みたいなのもあるように思える。事象は創作されてるようなものかも知れない。それも、ある、のだろう。重ねて、母校アメリカ合衆国のハイスクールズ、ワシントンDCでお世話になったイギリス人ご家庭にも厚く格別のご高配を賜り、謝意を表します。オールソウ マイ プレズントカントリー プレゼント 古郷トゥ アンド ソウ マイ ハート ゼア ウイズ マ ザーヴィナプス オールウエィズ フォーエバー フォーエバー アンド フォーエバー。

創成でも心取り戻せたら。

最後になって恐縮だが、拙著、英桃、出版にあたり、みらいパブリッシング様、特段、柳瀬さんに、御礼申し上げます。柳瀬さんより2022年に連絡していただき、励みでありあます。ある世界の、めぐりに遭いし、感祟、申しあげます。

英桃の桃は日吉ママから千渡母さんへ流れてった。二人の母である。

読者様には重ね重ね御礼申し上げます。不詳著者は、敬崇、読者様の励みに、礼励、申し上げます。

英桃の一様の生は、やはり、マザーヴィーナスプスである。

マザーヴィーナスプス　二人の母と永劫創成に

英桃

◆ほほえんでる二人の母

写真、動画ではない、へんざいする心の内なのか、世なのか、宇宙なのか、ほほえみに、かさなりかかるような透明な輪郭の葉。そのなかに細《ささめ》ムーンに横たわる英桃。夢か、そばらに、ボーイ英桃がダブル。その、向こうに（フィラデルフィアの青の少年か）雪の少年か、これもボーイ英桃か。半透明のデスクに用紙にペンにパソコンなど。頭か心か、文字を透明に通すように思ってるみたい。ふっと、仮面あるのかな、思ったが無かった。

『英桃のうた』

あるんだよ
あるんだよ　二人の母が　あるんだよ
かあさん　ママ　あるんだよ

英桃の内にも　あるんだよ
かあさん　ママ　いても　いなくても　あるんだよ
英桃　いても　いなくても　あるんだよ
英桃は…
英桃は　幸せだ

英桃

『ある　ない』

あなたは　生まれる前　ある　のちも　ある
音は　ある　メロディ　ある　恋愛　ある
あなた　生まれてから　ない　音　ない　メロディ　ない　恋愛　ない
のちも　ある　あなた　ある　音も　ある　メロディも　恋愛も　ある

『ちいさくて大きい』

英桃は　エディ　じゃないんだ
小さくて　ちいさくて　大きい
やさしくて　きびしくて　あったかい
実愛《じつあい》
前からも　今からも　永劫からも
マザーヴィ　なんだ

『宇宙』

おとこ星は　おとこ宇宙に

おんな星は　おんな宇宙にあります
そして　ベビー宇宙は創生します
大事に　育てられます
この星の　宇宙は　マザーヴィ
ふたつの　おんな星
ひとつ　子おとこ星
ひとつ　宇宙　マザーヴィ
いつも　つつまれてるみたいです
つつまれてるみたいです

『少年』

気づけば　少年のままの　英桃
マザーヴィーナスプスと

マザーヴィーナスプスと

少年の　英桃が…
心より

心より　マザーヴィと
マザーヴィと

なぜ　なみだがでるの
マザヴィーといるのに
やっぱり　マザーヴィといるから
なみだが出るの…
なみだがでるの

英桃みたいな

しあわせは　ない

ずーと

ずーと

ずーと

ず――と　思ってんだ

英桃は　死ぬのは　いいんだよ
いつも　マザーヴィといるんだから

永劫も
無限も

やっぱり　ある

おやすみ　英桃
おやすみ

ねた子を起こすんかい

かあさん　英桃　やっぱり鬼かい
英桃　自分じゃ鬼と思ってないけど
かあさん　英桃　鬼じゃないのに
鬼にしたいのかな

なーにが鬼
なーにが鬼
女の　うらおもての　やつらじゃないの

なるほど　知らないんだわ
インチキ野郎ら
そいつら　おかしいんじゃないんか
おかしいよ
あーやだ　そんな連中ら
ごめんしないって　言ってるのに
馬鹿とつき合うわけないでしょ
そんな馬鹿連中ら　つきあってらんねえよ
イヤんなるんだよ　なんもかんも
たのむって
いやだね

かあさん

ラーメン野郎　いやだよ

『1/2　二分の一、ワンハーフと言う。
英桃は、思うんです』

ワンハーフ
だれが　仕事　妨害す
ワンハーフの　日本人
嫌で　海外　行っちゃった
列島　ジェイルメンツ
警察　防衛　手いっぱい
ワンハーフの　日本人
だれが　仕事　妨害す

『銃君《じゅうくん》』

銃君　心の友の銃君
なんだい　英桃
銃君は　いろんな英桃　知ってるんだ
そうだよ　英桃
ぼくは　君の友だちだから
エンジェルぽっぽ　なんかじゃない
羽にサラッと水　農薬まくのも
お付けで顔洗う英桃も　星の夕《ゆう》
ひとりで　ストリート歩いてるのも
雨宿りなく　傘ささないのも
熱も　すずしさも　雪も
長昼《ながひる》も　静夜《せいや》も　乾乾《かんかん》も

スーツケースローラーも　シグナルも
ペンも　スタンドライトも
エディ力《ちから》に　何回も　心で引き金の英桃も
そうさ　英桃　ぼく銃は
君がマザーヴィの子だってこと　知ってるから
友だちなのさ

銃君　食べ物　レッドチキ
下向き　玉入れも　ベッドサイド　おもちゃの銃君
レプリカも
そうさ　ぼくは　英桃が　心に僕で
ふざけてないから　安心して　友だちなんだよ
英桃に　テクターンフレンド（無口な友）
ディクショナリーは　使《つか》い慣《なれ》
ぼくの　使いも　うまいのも　ぼくは　ホントは　知っている

ＦＢＩ　何回も　英桃　見ただろう　ぼくの友達　練習も
でも　英桃は　心のぼくを　ホントは　英桃　うまいこと

ベッドに三つ　ぼくの　おもちゃ
マザーヴィの　母さんと　ママの端《はし》に
英桃　ちょっこんと　横になる
手の届く　よこのデスクに
英桃の　テクターンフレンド（無口な友）
ディクショナリー
おもちゃの　僕の頭に　銃口に　英桃　付けた
お弁当の　プラスックフォーク
あった　エディの　赤色旗は　倉庫に
ペーパーに向けた　金属ナイフも　知っている
知ってる　英桃の冷静
ぼく食べ　ホールドセットロウアー（hold set lower）

狙い　射衝撃《しゃしょうげき》　うまいのも
たとえ　英桃が　ぼくを　もっても　どこにも行かないのも
向けたら　ぼくが　かなしい　ときも
マザーヴィと　テクターンフレンドと
英桃の　心に　ぼくと

人に向けたら　僕　悲しむことも
英桃が　英桃自身の　頭に向けるとき　僕は死ぬのも…
英桃の　いつも一緒の　マザーヴィと
いつまでも　いっしょの　マザーヴィと
ぼくも…　僕も…
泣かないで　英桃
英桃に　寒い　寒い　冷たい
ひややか　あったか　なんだ
銃君…

ぼくは　いつも
君の　心の　どこかにいるんだから

『ばしょう』

昼夜なく、暗く起き何時ごろ
木像　芭蕉、気になりて
そっと、おもく人もなく
芭蕉うたびと
近づく連れ、詩《うた》、好きか？
なにか悲しく水ばしょう
駅、ロータリー、
人無くひと気、斜《しゃ》右《う》上《かみ》見るよな

それに、声、かけづ、戻りに、ふと、遠き聞こ　よな
小さき鳴きは、虫音《むしね》か
み［お？］みか？　お耳か（［御］神見、o、okami か）
家帰る、何か悲しくむなしくも
静《しず》き芭蕉それも勇《ゆう》かな

『語るだろうか』

あれ、って私は思う
そして私もそう思う
剣は、ペンより強い
誰か、言ったハイスクール
私たちも、少しは、理想を考えようか、と
帰国して、デパートメントストアの

恐らく誰か仕掛けの、新聞に、
東京UN大学に、長官くると
「スケジュールは変わりました」アナウンスメント
ストリートの観葉グリーン店
はみ出しそうな電荷
電柱の雄祐し日本の小さき張り紙
コーンパイプは語るだろうか
コーンパイプは言うだろうか
精神病院に行きたいか、と
コーンパイプさん、みんな外国行っちゃった
カルタゴかい？
みんな、外国
マンハッタンか
そうでもないですよ、自信ない
わるい調教だね

馬に念仏言うけど、言う、気の毒ですよ
思い出したか、所院
外は、みんな、REDSレッズ だった
そうだよ　REDレッドゾーンどころじゃないよね

『喜《うれ》し』

いただいた、若い名刺は、悪くない
引き出しから、自分で書いて作った名刺が、出てきた
右うえに小さく　佐藤英和　中心に少し大きく　英桃
何も、無かった　10円も
「退院するから」と、男はボディソープをくれた
看護師さんにも黙ってた
心の、少しの、かよいあい、多き、善し

『ハル ネギ トン』

昼間、買い物
みかん、パイナップル、梨、ぶどう
母さん、よこになってる、夕
ベッドサイドにそっと置く
朝、起きると、食べた皮など、英桃のほうに
「おまえが、食べたみたいに」と、笑う
「オムライス、作れる?」
「むずかしくて、作れないよ。ハルネギトン、作るね」
母さん、日本ねぎダメ
鳥と玉ねぎ買ってきてる
「出来上がったよ、ハルネギトン。鳥のぼんぼん焼き、どう」

「ママにも、作ってあげたの」

「うん」

「どこで教わったの」

「自炊してたから」

「教わったみたい。おいしいよ」

『創』

そのルーツは何
未知の遭遇はない
あるのは、英桃の中の、おんな星
何処かの、乾《いぬき》で、他人の従妹思う
むねが泣いてる、とっこう、と
性悪じゃないよ、マザーヴィ

何回も創生する、宇宙人

『切ないかい』

ひとりぼっちは、せつないかい　悲しいかい
ううん、そうでもないよ、いつでも、海外でも
つつまれてるんだ
時に、英桃、雲の上
時に、マンハッタン
時に、セーラームーン
つつまれてるんだ、
あのころも、このころも、ママと母さんに
寺の、ごんげん、うた、にならなくて、
でも、つつまれてんだ

いつも、字透して
音無く、リズム無く
春無く、夏無く、秋無く、冬無く
朝無く、昼無く、夜無く
メロディも、季語もない
演奏してよ、心で

『ユーモラスに』

力のない政治は裏目に出やすいと
政治に　ちから　ありますか
それは、うまいんかい、おいしいんかい、よい女なんかい
ちがいますよ、政治に力ありますか、と
それは、うまいんかい、おいしいんかい、よい女なんかい

政治は　それは、おいしい女のようじゃないか
きれいな女は、ほんとうに、きれい、どうだい
言語侵犯だけじゃない…
そうだよ、おいしい、よい、だけじゃない

『付越《ふえつ》』

幼い英桃「地下の隊長」
地下鉄、走る、飛行機、飛ぶ
創生くり返す　宇宙、天と地のあいだ
マザーヴィーナスプスは付越《ふえつ》したいんだ
鳥は飛ぶ、魚はおよぐ
空を知ってるよう　水を知ってるように

『子《し》女《じょ》』

英桃　は　帰国子女
殺るも、殺られるも
子女児　の　覚悟

『書かなかった、名刺うら』

Hidemomo
Political
Cultural and socio human thorts
Royalty
Self-styled

Unlisten fighting criticism
Japanism like church doctrine
monitor sexology

『エ れ ベ ス ト』

自分で習う、独学
学校では、教えてくれない
分量は、エ れ ベ ス ト
エベレストより多い
自由という、あなたへ

『そっと』

そっと、素直に
ごらん。あなたの　空《そら》の宇宙
あなたの　えがお、あなたの　笑い
あなたの　涙
まえも　今も　のちも
私も　あなたも　宇宙人
あなたの　笑顔は　宇宙の　えがお
あなたの　笑いは　宇宙の　わらい
あなたの　涙は　宇宙の　なみだ
私も　あなたも　宇宙人
あなたの、あなたの…
英桃を、殴りたいかい

英桃は　星々見えるだろうな
英桃は　存在を　肯定する
実在を　肯定する
霊在《れいざい》を　肯定する　夢在《ゆめある》を　肯定する
何も　無かったの？
それで、なぜ、あなたは　いるの
英桃は　無《む》に　思わない
無《む》無《む》心《しん》も　こころ　あるよ
こころ　忘れてないかい、無心にも　ある　こころを
なぜ、無い　ことにしたいの
語らぬ勇者も　あるよ
語らぬ　励み　だよ
人も　宇宙も　心のスケールも
大宇宙かな
小さい、ちいさい　英桃の　宇宙は　創成するよ

悪魔のような　ヤツかな
誰も　いないけど　愛しちゃったんだ
愛しちゃった
英桃、オーメンは　愛さぬほうが　よいのかも
悲しいね、オーメンは　愛さぬほうが　よいなんて
神さん、自身、愛せぬ　オーメンも、復活創生するよ
神さん、悲しまないでしょ、罪無い、オーメンを
神さん、プロレス　好きだから
神さん、プロレス　また、やろうね
神さん、いつも、正義の味方だけど
英桃の　信義則も　神さんにかなわない
神さんの　自由だから
神さん　人がやってると、英桃は思ってるんだよ
神さんには　申し訳ないけど
あんまり、語りたくないんだ

神さんに、領域境界　無いようだけど
英桃は、綱渡りみたい
神さん　英桃は創成しても　綱渡りなんだろうね
こころの、二人の母、マザーヴィーナスプス
マザーヴィと　一人　英桃は　心
クイーンキングと　ヘヴンの間で　綱渡り
世はクイーンキングに、ヘヴンは神に
その間の　英桃
英桃は、半分福で　半分鬼かな
映画の　照明と　影のよう
英桃病、顔面神経痛のよう
柳生族《やぎゅうぞく》ではない
戦場のメリークリスマスではない
キャットピープルではない
知らぬ世は　いろんなふうに　できてるのかな

何だか　わからない
鉄パンのマック、あみのバーガーキング
日比谷線、黒シャツ男、空中浮遊で助かる
311東北福島、白い女の子、ネットに引っ掛かり助かる
ネトラレ（寝取られ）君　タバコ3本、油麻川《ゆまかわ》逆流
エベレスト　泣いてるのか、三原山
たとえ、ひみつは　ひみつ
たとえ、わからぬ　保護でも　何を語り、表現す
英桃は　木香非保護局《もっこうひほごきょく》みたい
家康公《いえやすこう》、オットセイは、西洋の蛇頭か？
浅草に、スチュワートさんたちはいたよ
あなたの空《そら》は　宇宙
神さん、英桃を　オーメンにしたいのも
人の仕業《しわざ》だよ
神さん、願わなくても　よいよね

神さん、いのらなくても　よいよね
神様の　フランダースの　くつしたみたい
あなたの空は　小さく　大きな宇宙
あなたの空は　宇宙
そっと、あなたの　やさしい愛は　創成するから
片足の　くつした
エディ無い　単性の　英桃
マザーヴィーナスプスも　創成するから
あなたの、笑顔
あなたの、笑い
あなたの、涙
まえも　いまも　のちも、あなたの空
宇宙は　創成する
あなたの、やさしさ
あなたの、愛

そっと、そっと
創成するよ

『ゆめ なか』

何時ごろ、暗きに、あかりを、醒めしても　眠りのなか　かな
松に竹に梅　優雅じゃないけど、傷ものじゃないよ、撃梅《げきうめ》は
ちいさいブルー　モンタナ　矢車草で、走ってみたいな、夢なかで、
母さんママも　楽しそう

『原作』

キャスティングで観るとよいよ、と、キャメラマン

原作が大事と、英桃は

『違い』

器用なら、右脳で感じ、左脳でデザイニング
左脳デザイン、右脳表現
でも、違うよううな、右脳左脳デザイン理論表現は、
違うような、表現で、
酒も飲まない英桃は、境界面の綱渡りでも

『笑ってない』

インベーダーズ、ずーと、むかしから

気にしてる、パロディ、００６９
どんな壁も突き抜ける弾《たま》なんて、東洋作品、知らないけど
海外でＣＮＮ放送見なかった
ＣＮＮアジア　リポート　フロム東京
アジア東京なんでしょ
あっちへ行けば　東洋系
男も女も子どももらも　どこからか現れる
何される訳じゃないけど
そっちじゃ　日本人
日本、みんな、ｓｐｙみたい

『でたらめなコードメイカーズ』

金の力か、無い金頼りか

でたらめなコードメイカーズ
あっちへ行けば、邪魔される
そちら行けば、アクシデンツ
パブロフ反射じゃないのに
条件付けかよ
reinforcements.　繰り返し
そうして、コード作ってるつもり
その人たちは、わかるつもり
でたらめなコードメイカーズ
あんたら、勝手に得なのかい
ずーと前から幼年から　変なの、聞こえる
変なの、見える
英桃は超能力
霊能者　スーパーマンじゃないんだよ
悪用して、目的持った何者か

条件付けるよう、
コード　でたらめ作りでしょ、あんたらの
よされ、よされ、思ってるんだ
ヨン掛け、四掛け、仕掛け
三は　詐称　すっとぼけ
個々でも集団でも
当事者、一者、二者　わからないもんだよ
ひとが苦しむの楽しいの
わからないと思ってるみたい
人がやってる、どこまで通じる
犯罪者のよう
でたらめコードメイカーズ

『昭和ふたけた終戦たれ』

いくと代　月日連ねよと
昭和ふたけた、終戦たれ
須佐るるより
ひとけた様《よう》に、終戦たれ
敗戦よりも　終戦に
ひとに、ちくしょう、言うよりも
軍ごっこするよりも
しつけ、教育学校　幼き君らは
戦場知らぬ　軍人たちよ
軍事　環境　教育も
戦場知らぬ　君たちは
変わらぬごっこ　畜生とするより

ひとけた様《よう》　終戦たれ
須佐む　須佐む　須佐む
敗戦国より　終戦国に
敗《やぶ》るることなく　終戦たれ
俺、貴様　言う　君らに黙り
畜生、言う　君らに黙り
英桃の　マザーヴィーナスプス
無答責の　ふたりの母、母さん　ママの、
すべて責《せき》は　英桃にあるのだから
代々《よよ》須佐る、須佐るる、須佐ぶる　よりも
男も　女も　子らも
須佐！　成功なの？
須佐んで、須佐んで、須佐んで
君たち、終戦じゃない
どこまで、敗戦して行くの

昭和ふたけた　終戦たれ
敗《ま》けるな！　敗《ま》けるな！
敗《ま》けずに　終戦たれ

『そうではない』

そうではない
いつもあるもの思ってた
そうではない
いつもある　いつもある　いつもある
いつもあると思ってたのではない
そうではない、そうではない
いつもある　いつもある　いつもある
いつもあるのだから　いつもある

あるものと、思ってたのではない
そうではない
いつもある　いつもある　いつもある
いつもあるのだから　いつもある
いつもあると思ってた、なんて
君、勝手じゃないか
君、勝手だ
いつもあるのだから　いつもあるのだ
いつもある　いつもある　いつもある

『こだわり』

英桃は、降子（コウコ）と退下（タイカ）に
こだわりがある

ジュリアンに　よろしく

『お礼文』

母さん、出来事に　こころの母さんと
神泣無（カムナム）ナガラ　神（カミ）御（ミ）マカリ
前後（マエノチ）有（アル）
雨天夜（ウテンヤゴン）ノ　情（ジョウ）　時中（トキナカ）
母共（ハハトモ）ニ　感謝（カンシャ）申（モウ）シ上（ア）ゲマス

子　英桃ヲ　ヨロシク御願（オネガ）イ致（イタ）シマス
あった　あっちゃった　無いは無い

敬具

『病棟を思い出し』

朝前窓《あさまえ》よりながむ
暗麗綺《あんれいき》　青静《せいせい》

『ペパー（ペッパー）』

窓やみの　やみに　やみし　御畏友《おんいゆう》思い
憎き　大黒　ペパー（ペッパー）かな

『エアー（空気）』

英桃　自称　日本教国教会
海外、世界　貴女の慎《つつま》し出来事
熱気味で　横に気づくといつも母さん　みずまくらと手ぬぐい
深夜さめて　静かなか
聞こえない、教会のよう　鐘がかすかに二回
こころのふたりの母　母さんとママ　英桃ベツにいるのか
なにげない心の理解　貴女　わかれないよな
慎む　慎む　英桃　聖寂夜《せいじゃくよ》に
心障、こころの二級　58歳独身　英桃
分野ひとつはロイヤリティズ
幼少の英桃　留学生英桃
活発な英桃　そして症状の英桃

エアー（空気）って
障害にがんばって　ドライバーズは誉《ほまれ》だった
歩き　歩き　ハイスクール
モールで手に入れたブックボックスを
トランクケースローラーにしばって　ごろごろ
徒歩で　スクール　寮に
途中、車両のジェントルレィディはやさしく
「メイ アイ ヘルプ ユー」
日本で夕方　徒歩でやすみ休み近くまで
二人乗り単車は、からかいなのか、わからぬ呼びかけ
走って行った
ドイツ人　イタリア人は言ってくれる
「敗戦だけど、日本は終戦だよ」と
「メイ アイ ヘルプ ユー」
わからぬ呼びかけ

そんなとき、「日本も敗戦国なのか」と
エアー（空気）って
いつのまにか　わからぬまに
世代を渡り　須佐《すさ》むのか
言い訳すれば、二次大戦、一か国を除いて、局地戦では、すべて勝った
どうしても、勝てなかった一か国、アメリカ合衆国（ＵＳＡ）
西洋諸国、また　世界中秀れた学校あるのに
アメリカ合衆国に留学する
障害も、がんばって、誉《ほまれ》だった
やさしい、愛の、心の二人の母
おにいさんは、駐車してないからか
「どうしたの、車は」
「整備に出してるんです」
母さんとママの思い出が、いっぱいあるんです
そろそろやばいね、自動車

あの自動車、今回で終わりにしようと思ってます
愛車ですけど
修理が終わり　ガレージにあるのが目に浮かぶ
母さん、目覚まし時計、壊れてるよ
英桃は悲しかったけど、時計、処分するね
母さんの　いつもあった　目覚まし時計
瞬時にも　それからも　いろんなこと思った、
母さんのがんばり、母さんの見せない涙、母さんの喜び、
地平線の太陽　かわるがわる月
はるか壮大　緑の遠大
地平　水平へ続く草原　水草原《すいそうげん》
マンハッタンタイムズスクエア
万華鏡のよう　摩天楼
英桃の穴のあいたくつしたを
「英桃、お気に入りなの」と

何度も何度も　何足も縫い編《ほぐ》ってくれて
動いてた、ちっちゃい　小さな　目覚まし時計

冬の夜、母さんが「心の母さん」になって。ならんだベッドの母さんのサイドにあの壊れた時計はあった。鳴らない鐘は見える。鳴らない時計は見える。

鳴らなくて、それは「英桃！　起きろ！　Wake Up! Stand-up!」と、鳴らずに、言ってるようだ。

いつも、いっしょだけど、目が泣いてる。英桃の目が鳴ってる。


「すみません」コンビニ店員さんに。「駐車場に落ちてるカギ見つけちゃって、私のではありません」。やってきた店員に、英桃は、「さわらないほうが、よいですよ、ゴム手袋でもしないと」。店員は、「誰か落として行ったのでしょう」と。

英桃は駐車場から戻り店員に、「私は今は無いモールスーパーで５００円おつりをも

らい、ポケットに入れといて一週間ぐらいしたら、ポケットまわりの足がビリビリとしびれたことがあるんです。すみません、鍵、見つけちゃって。おかしかったら処分した方がよいですよ」と。500円玉は、モールスーパー内の出店《でみせ》で、どこの国の人かわからないが、東洋系人物からのおつり銭だった。

隣街のビルに、今は無い百貨店はあった。地下の焼き鳥はおいしい。パーキング料節約で、近くのホテルパーキングに料金を支払う、ホテルでSPのようなネクタイ。学院の他の講師は「いつもそのネクタイで講師は」と、冗談を言ってた。百貨店の入り口、近くのドッラクストアで、パテント酸のつもりで粉末ビタミンCをいただいてた。大通りの電力ビルにブックセンターはあった。年末の飾り催し、「メリージャパニーズ」と声をかけてた。つまり、「マリタル ウイズ ジャパニーズ」と。

お風呂場まえに、ピンで留めてある母さんのくつした。英桃サンタのくつした。あったかいお風呂。

通りをまがると、めしやさんが一時あった。おにぎりとくず餅。めしやはメシアだ。

英桃のベットのとなりに、小さな神さんと、使ってないリサイクルの小さなご飯さじ。浅草のお寺の神社さんで、竈《かまど》の神麻《しんま》を頂いた事はある。神さん、英桃は宗教に所属したことはないんだ。神さんは、二人の母・母さんママのように、スピノザみたいに、なにかやってくれるわけじゃないけど。無宗教、無神論ではないんだ。こころの、二人の母はいつも一緒に、神さんのように見ててくれる。かまどの、メシアの神さんも。

ご飯を炊く。おいしそう。母さんとママのにおい。手ごろなお惣菜。

「母さんママ、おいしそうだよ。いっしょに食べようね」

「天気わるいね、神さん」と、つぶやくこともある。でも、神さんのせいにはしないようにしてる。わるいこと、神さんのせいにしたら神さん、かわいそう。多くの人がやってると思うけど。かわいそ。あわれんでるんじゃないよ。

二人の母のように、神さん、見ていただいてる。英桃も、ときには「神々なんて」と思うこともある。カント、スピノザ。自然の凌駕は、ソレ、神アル自然の義人と思う。そんな勇気も優雅も、英桃にないかな。

だけど、神のような二人の母はいつもいっしょに見ててくれる。
あなたさまのマザーヴィーナスプス、母なるは御《おん》ごきげんよう。愛《あい》久《ぐ》崇《むね》敬《うやま》います。

ときに、笑ってますか。なみだしますか。ときに、けんかしてますか。怒ってますか。
よろこんでますか。

英桃は、ときに「社会性なんて……」と、小さくつぶやく。
エディ力《ちから》に逆らうのでは無く、社会はエディでつくられてるから。
それでも、マザーヴィ　ありますか。
たとえ小さく、わずかでも、やさしい愛のマザーヴィは……。

音の鳴らない鐘。音の鳴らない目覚まし時計。エアー（空気）のおとも鳴らぬよう。
弱虫、英桃も涙のおとは鳴らないように。
それで、そーっと、伝われば……。

ありがとうございます。

うらをごらん

語らぬ 文字が いっぱいで

・・・まさ・・・

英桃は、勇者は語らずとしていた。そして、
すこし、語ってみた。

自ら、カーテンをとりはらい、
平身、土下座し、
ポータブルサイレンサーマシンガンを　自身のこめかみに向ける思い、
しずかに　自分の心は叫ぶ、
「きみ　英桃」と。
まぶたの内裏《だいり》は
万感の涙　それは感謝です。

『怪獣』

かいじゅうかあさん　すい星で　洗う　銀河星りゅう
怪獣　スターズ　輝いて
ユニバースターズ　誕生まえから　輝いて
綺麗で暗青《あんせい》な　あったかく
かいじゅうかあさんと　光に　旅行
オリオン　オンプ（音符）にのって　音もなく
小さい　怪獣たちも　きらきらと
怪獣の子たちの　円盤も　トーン　音なく　ゆっくりゆっくり
レスリングみたいな　子たちも
おいしそ　怪獣　おなぼしは　北斗星にも
かいじゅう　しっぽのよう　燃えるようも
かいじゅう　どん星　おいしそう　たぬき星　きつね星

ブルーホワイト　エリー星
ぎゃお　ぎゃお
やさしい　愛のマザーヴィに　ただいま　宙の　浜辺　あったかい
ゆっくり　くり返す　静か
寝てる　ぎゃおす　起きてる　ぎゃおす
かいじゅう
かいじゅう
くり返す　ソウソウ（創々）に
悲しく優しい　愛の怪獣マザーヴィは　いるんだから
ユニバー　あったかな　創創《そうそう》の笑みに
黙すようで　隠すようで　静かに　小さく　小さく
涙は　怒りは　幸いは
宇宙　永久　磁石のよう　繋ぐ　極　ふたつみたいな

あなたが思うと　いつも　英桃　あるようならマザーヴィと
ありがとう
Thank you　Domo Domo

P・S・

『創生《そうせい》』

英桃はマザーヴィユニバースで
母さんとママとほほえんでます

「母さん」　さっきホワイトホールからワームを通って
ブラック見に行こうとしたら　小さくて通れないよ
「ママ」惜しかったよねあの地球　大事な小さい青い星なのに
夢持てば夢になるよ　あれかれ世　大宇宙　思えばそうだよ
「母さん　ママ」英桃は、未来はスペクタクルや教養と思ってた

マザーヴィのその思いは　やっぱりやさしさと愛
小さく波　反波しながら
マザーヴィユニバースは光みたいにかがやいて　創生していく
「そうだよ」あの青い地球も創生するよ
「母さん　ママ」おとめ星にも　いろんな星があるようですよ
「あら、英桃」どこかのおとめ星に興味あるの？
いや、英桃よりちっちゃな子星、ベビー星、美人星
「それで、どうだったの」
そんなふうに思ってたけど、創生で、変化自由のよう
「そうだよ」暗青《あんせい》の創生の輝く波でいろいろなんだよ
地球って星にいるとき、英桃はずーと狙われてたんだよ
地球ある頃、留学って里子は避難だったのかな
英桃を殺すよう　狙ってたみたい
エディ力《ちから》はどんな名馬もつぶしちゃう

創生の想表《そうひょう》　宇宙あれかれ世
マザーヴィで母さんとママと英桃は　羽をのばしてほほえんでるんだ
「そう」貴重な地球も創生してくよ
「いつも」創生しても、地球って
英桃はこころの望遠鏡で眺めたい
マザーヴィ創生は　閉じる開く透過みたい　透明な心のように
母さん　ママ、英桃はベビー星みたいに、すこし休むよ
「あら」やっぱり三、四歳児
「まあ」三千世界さがしてもいないわ
英桃も母さんもママも　起きていても寝ていても笑顔のよう
「思い」千里《せんり》って
いやあ、英桃の宇宙の創生は、静かにしずかにくり返す
１００抒光年《じょこうねん》　暗青《あんせい》のかがやき
かすかな波　反波、ときに、光のシャワー
小さくて大きい、長くてもそうでもない

時間も思いもスケールも　やさしさと愛なんだ
くり返す抒光《じょこう》の波　ない　波の暗青のかがやき
暗麗《あんれい》輝《き》青静《せいせい》、マザーヴィーナスプスユニバースで二人の母と翼を休め、
羽を伸ばし、微笑みにつつまれて
母さんとママと英桃は、マザーヴィでほほえんでいるのさ

またね

英桃
Hidemomo

英桃（本名：佐藤英和）

1964年、栃木県鹿沼市生まれ。結婚歴なし。
中学卒業後、留学のため単身アメリカへ渡る。
アメリカの高校を卒業後、
大学へ進学し社会文化思想などを学ぶ。
2年で中退。
アメリカには6年半滞在し、帰国後は、
政治家の秘書や住宅メーカーの営業、
その他短期アルバイトをいくつか経験。
約30年前に心身症を患い、以来闘病を続けている。
現在精神障害者2級。

企画 モモンガプレス

英《ひで》桃《もも》

2023年6月19日 初版第1刷

著者 英《ひで》桃《もも》
発行人 松崎義行
発行 みらいパブリッシング
〒166-0003 東京都杉並区高円寺南4-26-12 福丸ビル6F
TEL 03-5913-8611 FAX 03-5913-8011
https://miraipub.jp mail:info@miraipub.jp
ブックデザイン 則武 弥(paperback Inc.)
発売 星雲社(共同出版社・流通責任出版社)
〒112-0005 東京都文京区水道 1-3-30
TEL 03-3868-3275 FAX 03-3868-6588
印刷・製本 株式会社上野印刷所

ISBN978-4-434-32095-8 C0095